KB028548

별은 어둠 속에서 빛나고
나는 슬픔 속에서 빛나

별처럼 눈물겨운 나란 존재를 만나다

별은 어둠 속에서 빛나고
나는 슬픔 속에서 빛나

백정미 지음

모모
북스

우주에 흩뿌려진 별처럼
아름다운 나를 만나다.

새로운 책을 쓰기 전에 난 늘 가슴이 설렌다. 두근두근 심장이 뛰는 것이 마치 첫사랑을 만나기 전과 같다. 그를 만나기 몇 미터 전이다. 빛나는 모습으로 다가오는 그는 누구인가. 바로 나란 존재다. 나란 존재는 첫사랑보다 더 애틋하고 가슴 시리다. 살면서 얼마나 자주 우리는 나란 존재와 대면했을까. 우리는 너무 자주 나란 존재를 외롭게 만들지 않았을까. 그렇지 않았다면 이렇게도 나란 존재가 사무치게 그리워질 수가 없는 것이다.

열다섯 권이 넘는 책을 썼다. 난 언제나 그렇듯이 책을 쓰기 전에 머리말을 쓴다. 제목을 가장 먼저 정하고 그다음에 머리말을 쓰는 중이다. 이러한 순서는 마치 나란 존재와 내가 무언의 약속을 통해 정해진 것 같다. 처음 책을 쓸 때부터 이랬으니 말이다. 이제 이 책을 쓰면서 나는 나란 존재에 대해 치열한 사색을 할 것이다. 머리에 쥐가 나도 좋다. 그만큼 이 주제가 가슴 벅차게 나를 매료시켰다.

　나는 세상에 없는 새로운 영역의 책을 쓰고 싶은 욕망이 많은 사람이다. 이러한 욕심이 나는 그냥 고맙다. 그래서 작가가 되었기 때문이다. 이것은 작가로서의 당연한 태도일 것이다. 나란 존재를 불러 놓고 인간의 내면을 탐구할 작정이다. 도대체 인간은 어떤 존재인가. 도대체 나란 존재의 속성은 무엇이고 나란 존재의 시작과 끝은 무엇인가. 우리는 어떻게 나란 존재를 응대해야 할 것인가. 탐구의 영역은 무궁무진하다.

　수많은 나란 존재들을 응시하면서 그들의 아픔과 눈물, 기쁨과 웃음, 번민과 고뇌를 들여다볼 것이다. 이 험난한 세상에서 꿋꿋이 버티고 살아가는 모든 나란 존재를 존경하는 마음으로 주시하면서 인간에 대한 성찰을 할 것이다. 여러분들의 삶에 조금이라도 보탬이 되었으면 하는 간절한 마음으로 책을 쓸 것이다.

　인간은 미약한 존재지만 한편으로는 불가능할 것이 없는 위대한 존재다. 거리에서 방황하는 노숙자나 수백억을 가진 자산가나 마찬가지다. 어떤 면에서는 한없이 나약하지만, 또 어느 면에서는 엄청나게 위대하다.

나란 존재의 무궁무진한 비밀을 밝히러 함께 떠나보자. 우주에 무한히 흩뿌려진 별처럼 아름다운 나란 존재가 우릴 기다린다. 설레지 않는가. 이 여행은 일생일대의 즐겁고도 보람찬 여행이 될 것이다. 그대를 이 행복한 여행의 사랑스런 별 친구로 초대한다.

2021년, 백정미

차례

1장

내 안의 나를 들여다볼 때

별빛처럼 눈물겨워라   • • •

이건 하나, 둘, 셋, 넷, 다섯, 여섯, 일곱, 북두칠성. 저건 작
은곰자리. 저건 카시오페이아. 난 초등학생 때부터 이렇게
별들을 가리키면서 밤하늘을 바라보는 걸 좋아했다. 마음
이 시리거나 울적해질 때 밤하늘에 아스라이 빛나는 별을
바라보면 어느새 내 마음은 평온해지곤 했다. 별은 다정한
친구와 같았고 나를 지켜주는 수호천사와 같았다. 별을 바
라보면서 언젠가 친구와 이야기를 한 적이 있었다.

　"난 별을 바라보면 눈물이 나."

　내가 문득 그렇게 말하자 친구가 가만히 나를 응시하면
서 물었다.

　"왜?"

　"왜냐하면 별은 수많은 사람들의 눈물이 모여서 빛나는
보석 같거든. 그 보석이 어둠 속에서 빛나면 이 세상에 존
재했던, 존재하는 과거와 현재의 수많은 나들이 울고 있는

것 같아. 그래서 별을 보면 눈물이 나."

그러자 친구는 내 말을 이해하겠다는 듯 조용히 상념에 잠겼다. 우리는 그날 밤, 새벽녘까지 밤하늘의 별들을 응시했다. 그 별은 수백 년 아니 수천 년 전부터 거기서 그렇게 빛나고 있었을지도 모른다. 하지만 나와 친구는 길어야 100년 이내로 존재하다가 그 별들 곁으로 갈 운명을 지닌 사람들이었다.

별은 영원처럼 빛나고 있지만 사람은 별빛이 지구 위에 떨어져 마침내 사그라지듯이 어느 날, 홀연히 사라질 시한부의 삶을 살아가고 있는 중이다.

별빛은 너무나 눈물겹다. 그것은 찰나이기 때문이다. 1초 전의 별빛이 1초 후의 별빛과 같을 수 없다. 마치 찰나에 아름답게 빛나는 처연한 별빛처럼 어쩌면 나는 그렇게 찰나에 빛나고 사그라지고 말 한시적인 생명일지도 모른다.

그렇게 별은 우리에게 삶의 유한성을 알려준다. 먼 우주의 공간에서 영원처럼 빛나면서 지구상의 무수한 인간들에게 이런 메시지를 주고 있다.

"지나치게 슬퍼하지 마. 지나치게 괴로워하지 마. 우리 모두는 언젠가 사라질 거야. 하지만 나를 봐. 항상 그 자리에서 영롱하게 빛나고 있잖아. 너도 그렇게 너의 자리에서 아름답게 존재하면 되는 거야. 슬픔도 괴로움도 달빛 아래 흘러가는 바람과 같은 것이야. 너는 그냥 너답게 살아가면 돼."

별빛은 눈물이고 눈물은 별빛이다. 나는 그런 생각을 하면서 별을 바라보는 걸 좋아한다. 그건 마치 하나의 의식과 같다. 밤늦게 산책하거나 글을 쓰다가 밤하늘에 빛나는 별들과 마주칠 때 난 단순한 별빛이 아닌 파란 눈물 빛을 본다. 그 눈물 빛은 이 세상에서 힘들게 살아가고 있는 사람들의 눈물이 모여서 이루어진 빛이다.

오늘 밤, 저 밤하늘 위에서 아스라이 빛나는 어느 별이 사실은 단칸방에서 취업 준비를 하고 있는 가난한 청년의 눈물이 보석처럼 빛난 것이란 걸 나는 안다. 부모님으로부터 독립해서 홀로 상경한 채 몇 년째 구직 활동을 하고 있지만 변변한 직장을 구하지 못한 채 편의점 도시락으로 하루한 끼를 먹는 한 청년의 고단한 삶이 별빛이 되어서 빛나고 있음을 안다.

오늘 밤, 저 밤하늘 위에서 안타깝게 빛나는 어느 별이 사실은 이혼 후에 두 아이를 홀로 키우는 어느 용감한 엄마의 눈물이라는 걸 나는 안다. 전남편은 양육비도 주지 않고 재혼을 해버렸지만 홀로 두 아이를 키우기 위해 건물 청소부터 식당 서빙까지 가리지 않고 하는 용감한 엄마가 혼자서 흘린 눈물이 별빛이 되어서 빛나고 있음을 안다.

나는 별빛처럼 눈물겨운 존재다. 어쩔 수 없는 삶의 고난에 고개를 숙이고 폭풍 같은 눈물을 쏟아내던 아픔이 가득한 존재다. 어느 누구도 눈물겹지 않은 존재가 없다. 길을 걷고 있는 수많은 사람들 그 누구도 자신이 눈물겹지 않다고 자신 있게 말할 사람은 없을 것이다. 그만큼 인간의 삶은 외롭고 고독하다. 그렇지만 신은 우리에게 끝없이 외롭고 고독하게 살 것을 원하지는 않으셨나 보다. 저토록 아름다운 별빛을 우리에게 주시지 않았는가.

삶이 슬퍼지면 밤하늘에 영롱하게 흩뿌려진 별들을 바라보자. 거기에 나 아닌 또 다른 나들의 눈물이 있다. 편협한 세계에 갇혀서 살면 나의 슬픔만 보이고 나의 괴로움만 보일 것이다. 하지만 내가 작은 세계를 벗어나서 우주의 시선으로 세상을 바라보면 나 아닌 다른 사람들의 아픔을 알게 된다.

별은 그걸 우리에게 가르쳐주고 있다. 별빛은 눈물이 응축된 빛이기도 하지만 외로운 이의 가슴을 위로하는 사랑의 빛이기도 하다. 달도 뜨지 않은 캄캄한 밤에 별만 반짝이는 걸 본 적이 있다. 별이라도 없었다면 세상은 칠흑처럼

어두웠을 것이다. 비록 조그맣고 보잘것없는 별이지만 그 자리에서 존재해 주었기에 사람들은 그 별을 바라보면서 위안을 얻을 수 있었다.

별은 누군가의 눈물이기도 하고 동시에 누군가의 위로이기도 하다. 나는 별빛처럼 눈물겨운 존재이기도 하지만 별빛처럼 아름답고 고귀한 존재이기도 하다. 누군가를 위로할 수 있는 그런 별이 되어보고 싶다는 소망을 품는다.

나의 빛이 그대의 볼에 흐르는 눈물을 닦아줄 수 있다면 나는 온몸이 타서 사라져버릴 별똥별이 된다 해도 괜찮다. 그대가 나로 인해서 오늘 슬픔의 그늘에서 온전히 벗어날 수 있다면 나는 그래도 괜찮다.

들국화보다 작은 소우주

국화과에 포함된 여러해살이풀, 들국화. 나는 들국화를 참 좋아한다. '순수한 사랑'이란 꽃말을 지닌 들국화. 나는 마치 들국화에 사로잡힌 한 마리 꿀벌처럼 들국화를 좋아한다. 그중에서 연보랏빛 들국화는 특히 내 시선을 끈다. 그 이유는 아마도 청초하고 쓸쓸해서일 것이다.

가을날 산에 오르다 조그만 얼굴의 들국화를 보면 심장이 쿵, 하고 내려앉는다. 커다란 꽃송이의 국화보다 턱없이 작은 꽃송이의 들국화는 그 자체만으로도 아름답다. 너무나 작고 가녀린 것, 그 모습이 그냥 눈물이 왈칵 날 정도로 아리다.

"조그만 것이 어찌 이렇게 예쁠까?"

이런 탄성이 절로 나온다. 들국화는 마치 나와 같다. 어린 시절 아무것도 모르고 뛰어놀던 천진난만한 나, 청소년 시절 고향을 떠난 먼 타지에서 어렵게 생활하던 고독한 나,

수많은 나의 잔상들을 품고 있는 들국화. 우리는 들국화처럼 작고 향기 있는 존재다. 들국화처럼 부드럽고 여린 존재다. 그리고 또한 들국화보다 작은 소우주이기 하다.

들국화의 향기를 살며시 맡아본 적이 있다. 시중에서 파는 일반 국화하고는 비교할 수 없는 은은한 향기다. 작은 것이 작은 향기를 품었다. 나란 존재는 그런 들국화보다 더 작은 소우주를 품고 있다. 그것을 알 수 있는 방법은 매우 많다.

홀로 어둠 속에 앉아서 생각에 잠겨보라. 자꾸만 떠오르는 그 무엇이 있을 것이다. 바로 수많은 과거의 나, 현재의 나, 미래의 나다. 그러한 나와 더불어 우주에 흩어진 별과 같은 생각이 무수히 나타난다. 파노라마처럼 펼쳐져 온다. 우리는 그런 존재다.

우리들의 작은 소우주에는 비록 지금은 만날 수 없지만 그리운 사람들도 있다. 나보다 먼저 세상을 떠난 부모님, 연락이 되지 않는 오래전 학교 친구, 존경하는 스승 등. 우리는 그런 이들을 가슴에 품고 산다. 또한 우리들의 소우주에는 가장 가까이에서 늘 내 속을 썩게 만드는 사람들도 있다. 말이 잘 안 통하는 가족, 트집을 잘 잡고 잘 삐지는 친구, 일거리로 매일 날 구박하는 직장 상사 등. 그런 이들이 모두 내 안의 소우주의 별 중 하나일 것이다. 그런데 생각이 깊어지면 그런 나의 소우주의 별들이 나를 화나게 만들기도 한다. 웃게 만들기도 한다. 왜 그럴까.

그 이유에 대해서 말하자면 그것은 생각의 왜곡이라고 말할 수 있다. 우리는 생각을 왜곡시킨다. 자신만의 작은 소우주에서 생각을 구부리고 깨트리고 있다. 마치 어린아이가 장난감을 가지고 노는 것과 비슷하다. 이런 생각의 왜곡으로 인해 나란 소우주는 매일매일 어지럽다. 그리고 피폐해진다.

사람들이 불행한 이유 중 하나는 바로 자신의 소우주를 잘 돌보지 않았기 때문이다. 관리하지 않은 정원은 어떤가. 잡초가 무성하고 보기 흉하다. 언젠가 폐가 앞을 지나가게 되었는데 차마 눈을 뜨고 볼 수 없을 정도로 지저분했다. 그리고 섬뜩한 기운마저 풍겨왔다. 자기 자신의 소우주를 방치하면 폐가와 같은 상태가 된다. 어떤 사람도 관리하지 않은 정원에 발을 디밀고 싶지 않을 것이다. 그대 안의 소우주를 잘 돌보아야만 스스로 행복질 수 있음을 알아야 한다.

어떻게 나만의 소우주를 잘 관리할 수 있을까. 그건 생각의 왜곡을 멈추는 일이다. 내 안에 있는 작은 별들을 꽃을 가꾸듯 물을 주고 사랑을 주고 정성을 주어 키워나가야 한다. 미움과 무관심을 주면 식물도 서서히 말라 죽는다. 하물며 사람은 오죽하겠는가. 자꾸 누군가가 마음에 안 든다는 생각이 들면 그건 생각이 왜곡되고 있다는 증거다.

행복한 나만의 소우주는 내가 행복한 마음을 품을 때 이룩되는 노력의 결과물이다. 행복한 마음이란 누군가를 향한 증오의 시선을 거두고 용서와 아량의 마음을 가지는 것이다.

들국화보다 더 작은 소우주, 인간. 이것이 우리다. 이것이 나다. 하찮은 들국화에게 누가 눈길을 주는가. 눈에 확 띄고 아름다운 꽃들에게 먼저 시선이 가는 건 어쩔 수 없는 일이다. 새빨간 장미, 하얗게 빛나는 백합, 그런 꽃들 사이에서 들국화는 정말 소소한 존재이다. 우리는 그런 들국화의 모습을 닮아야 한다. 들국화처럼 자신을 겸손히 낮추고 존재해야 한다. 우리 가슴 속에 있는 작은 소우주 안에 그런 겸손의 마음을 가지고 살아야 한다. 겸손한 마음, 겸허한 마음을 가진 사람이 누군가를 향한 부정적인 평가를 내리기는 어렵다.

생각을 왜곡하느라 오늘도 수고하는 우리의 정신에게 이젠 과감히 안녕을 고하자. 가을날 산속에 고즈넉이 핀 들국화보다 작은 소우주, 나는 그런 소우주를 관리하는 아름다운 관리자가 되어야 한다. 모든 별들에게 골고루 사랑을 나눠 주어야 하고 각자의 별들이 주는 메시지를 경청해야 하며 그 별들을 결코 차별하거나 왜곡하지 말고 인정해 주어야 한다. 그래야만 내가 평온할 것이기 때문이다.

껍질을 깨트리는 병아리 · · ·

옥수수는 내가 가장 좋아하는 것 중 하나다. 누군가 내게 하루 종일 옥수수만 먹으라고 말한다면 기꺼이 그렇게 할 수 있을 정도로 옥수수를 좋아한다. 작년부터 텃밭에 옥수수를 심었다. 물론 옥수수는 어린 시절 고향 집에도 있었다. 하지만 그때는 옥수수를 직접 까는 일은 하지 않았다. 나는 작은 어린아이였고 엄마는 직접 옥수수를 까서 맛있게 쪄주셨기 때문이다. 이제 나는 어른이 되어서 직접 옥수수 껍질을 벗겨 쪄먹는다.

옥수수 껍질을 벗겨낼 때면 어떤 신비감을 느낀다. 몇 겹이나 되는 그것을 벗겨내면 그 안에는 하얀 알갱이들이 선물처럼 나타나기 때문이다. 연한 초록색 껍질을 살금살금 벗겨내면 선물처럼 나타나는 옥수수 알갱이들.

껍질 안에 들어 있는 옥수수 알맹이처럼 우리에게도 외부로 표출된 것 내부에 선물이 있다고 생각해보면 어떨까.

그건 정말 기분 좋은 상상이다. 우리 인생에도 옥수수 껍질 법칙을 적용해보자. 옥수수를 아무리 좋아한다 해도 껍질째 먹는 사람은 없을 것이다.

만일 누군가 그렇게 한다고 하면 "그렇게 먹지 마세요. 껍질을 까고 드세요."라고 말해줄 사람이 다수일 것이다. 그건 무의식중에 형성된 지혜다. 옥수수는 껍질이 아닌 알맹이에 영양소가 많고 소화가 잘된다는 것.

우리 자신도 껍질 안에 있는 영양 가득한 진정한 나를 발견해내야만 한다. 날마다 자신에게 덧입혀진 껍질을 깨트리고 밖으로 나와야 한다. 언젠가 계란 프라이를 하려고 알을 깨트렸는데 쌍알이 나온 적이 있다. 뜻밖의 상황에 반갑기도 하고 신기하기도 했었다. 그 계란은 겉으로 보기에는 다른 계란과 다를 바가 없었다. 하지만 껍질을 깨트리는 노력을 가하자 자신만의 고유성을 드러내었다.

사람에게도 껍질 안에 숨겨진 보석이 있다. 그건 어쩌면 우리가 이 세상에 태어나기 전 아로새겨진 삶의 의미일 수도 있다. 혹은 그것은 어쩌면 우리가 이 세상에 태어난 존재 이유일 수도 있다. 나는 껍질을 깨트리는 존재다. 그건 분명한 사실이다.

초등학교 4학년쯤 나는 광주에 살고 있었다. 그때가 마침 광주항쟁 때였다. 어린 나는 책가방을 메고 학교 가는 길에 바리케이드가 쳐진 곳을 지나쳐 갔다. 8차선 도로에 군인 아저씨들이 총을 들고 거길 지키고 있었다. 그 장면이 너무 낯설고 무섭기도 해서 아직도 기억에 선명하다. 집에 와서는 현실이 우울한 나는 장독대가 있는 옥상에 올라갔다.

"아, 산다는 건 무엇일까. 인간이란 무엇인가요. 지혜를 주소서. 하늘이시여. 제발 인생에 대해 깨닫게 해주세요. 신이시여!"

정말 믿기지 않지만 열 살의 나는 그렇게 태양을 우러러보면서 말했다. 인간에 대해 고뇌하면서 나는 그렇게 읊조렸다. 그러자 어떤 거대한 뭔가가 밀려오는 것이었다. 태양에서 숨 막히게 빛나는 햇살이 내게 쏟아져 내렸다. 그것이 무엇인지 그 순간에는 알지 못했다. 무한한 감동으로 다가온 그것이 바로 우주의 지혜인 것임을 글을 쓸 때마다 실감한다.

나는 그 순간 열 살 아이의 껍질을 깨트리는 시도를 한 것이었다. 아주 작고 별 볼 일 없어 보이는 단발머리 소녀가 자신이 지닌 지혜의 극한에 도달하기 위해 껍질을 깨트린 것이다. 그 순간 이후부터 나는 조금 더 사색적인 사람이 되었고 글을 쓰는 걸 좋아했다.

노트에 글을 쓰면서 '언젠가는……, 언젠가는……, 많은 사람들에게 내가 깨달은 삶의 지혜를 전해주어서 그들이 행복해지도록 해줄 거야…….' 이런 소망을 키워왔던 것이다. 만일 내가 나 자신의 껍질을 깨트리지 않고 그저 생긴 대로 살아왔다면 작가가 되지 못했을 것이다. 누구든 삶이 위대해지길 바란다면 반드시 자신의 껍질을 깨트려야 한다.

나는 껍질을 깨트리는 존재다. 나는 껍질을 깨트리는 걸 두려워하지 않는 존재다. 껍질을 깨트리려면 용기가 필요하다. 정형화된 자신의 생각 속에서 벗어날 수 있는 용기가 진정 요구된다. 사람이 변화를 원하는 때는 언제일까. 그건 자신이 위기상황에 처할 때이다. 그러나 현명한 이는 위기에 놓이기 전에 자신을 변화시키려고 한다. 그 변화의 시작이 바로 껍질을 깨트리는 일이다.

어떻게 껍질을 깨고 진정한 나로 거듭날 수 있는가. 그건 자신에 대한 생각을 재정립하는 데에서 시작한다. 나란 존재는 정말 소중하고 멋진 존재라는 생각을 가져야 한다. 사람은 생각하는 대로 되어 간다. 난 보잘것없는 사람이야, 라고 생각하고 사는 사람은 보잘것없는 사람이 되어 간다. 왜냐하면 자신의 생각이 스스로를 그렇게 만들어가기 때

문이다. 인간은 각자의 껍질을 지닌 채로 태어난다. 우리가
계란은 아니지만 껍질을 지닌 건 똑같다. 그런 면에서 보면
병아리에게서도 삶을 배워야 하지 않을까 싶다.

　연약한 부리로 콕콕 자신의 껍질을 깨트리고 세상에 나
오려고 하는 병아리를 상상해보자. 그 병아리가 자기 자신
이라고 생각하면 어떨까. 저 바깥세상에 무엇이 있는지 모
르지만 내게 덧씌워진 이 껍질을 깨트리고 새롭게 태어나
겠다는 각오를 지녀보자. 나에게서 새로운 나를 발견하는
일. 매일 나는 즐거운 마음으로 껍질을 깨트린다.

작은 것들의 슬픔   • • •

차를 타고 가는데 툭, 하는 소리가 났다. 무엇인가 차창에
부딪힌 소리였다. 우리는 급하게 차를 멈추고 밖으로 나가
보았다. 여기저기 둘러보던 친구가 발견한 것은 새 한 마리
였다. 아주 작고 여린 갈색 참새였다. 어쩌면 그렇게 귀여
울까. 이렇게 가까이에서 참새를 바라본 적이 없던 우리는
잠깐 숨을 멈추었다.

　아주 짧은 정적이 우리를 감쌌다. 그리고 절망에 가까운
한숨을 내쉬었다. 그것은 참새의 가슴에서 비롯되었다. 움
직이지 않는 참새의 가슴. 들숨과 날숨을 잃어버린 것일까.
숨을 쉬지 않는 새의 가슴이 우리를 슬프게 만들었다.

　"죽었나 봐……."

　여린 생명의 죽음을 바라보는 일은 슬펐다. 우리는 서로
아무 말 없이 참새를 풀숲에 고이 눕히고 다시 차에 올라탔
다. 그 시간 이후로 참 마음이 아파왔다. 왜 그 작은 새 한

마리의 죽음이 그렇게도 가슴이 아렸던 것일까. 나는 작은 것들의 슬픔에 공명하는 사람이었던 것이다.

우리는 누구나 그렇게 작은 것들의 슬픔에 공명할 수 있는 존재들이다. 현실에서는 비록 아등바등하면서 자신의 분노를 표출하기도 하지만 깊은 저곳에서는 다른 존재들의 아픔을 뼛속 깊이 공명할 수 있는 존재들인 것이다. 많은 사람들이 그걸 모르고 살아간다.

강가에 서서 돌멩이를 던져보면 통, 통, 통, 튕기면서 물 위를 날아가는 걸 본다. 그 모습을 보면서 난 매우 신기하다고 생각했던 것 같다. 물수제비라고 하는 그것은 물과 돌멩이가 공명하는 모습이 아닐까. 물이 돌멩이와 공명함으로써 그렇게 멋진 장면을 연출해 낸 것이다. 우리는 이런 작고 사소한 것들에게서 아름다움을 느끼는 존재다.

하지만 자신이 이토록 예민한 감수성을 지니고 있다는 걸 모른 채 각박한 삶에 고통스러워하고 자신의 감정을 절제하지 못한 경우가 많다. 작은 것들의 슬픔에 공명한다는 것은 어떤 의미일까. 그것은 우리가 참으로 인간다워진다는 의미이다. 인간이 인간다워질 때 비로소 삶의 의미를 느낄 수 있는 법이다. 만일 평생을 작은 것들의 슬픔을 도외시하고 살아간다면 그 사람은 삶의 의미와 보람을 찾기가 어려울 것이다.

얼마 전 그렇게 흐드러지게 피어있던 벚꽃들이 이제 언제 그랬냐는 듯 지고 있다. 형형하던 연분홍 꽃잎은 빛바랜 흑백사진 같은 자태로 길바닥에 널브러져 있다. 그 모습을 보고 나는 슬픔에 빠졌다. 어쩌면 벚꽃이 그렇게 눈물 나 보이는지 마치 오랜 친구를 잃은 사람처럼 눈물이 글썽한 눈으로 응시한다.

하루 종일 폐지를 손수레 가득 주워도 만 원도 되지 않는다면서 웃으시던 김 씨 아저씨가 떠오른다. 굽어진 손가락, 그것보다 더 구부러진 허리로 위험한 도로 위를 손수레를 끌고 걸어가시던 아저씨는 어느 날, 교통사고로 세상을 떠났다. 저 길거리에 쓰레기처럼 널브러져 있는 시든 벚꽃잎이 마치 아저씨가 줍던 폐지처럼 슬프다.

나는 오늘 하루 온전히 손수레를 끌고 온 동네를 돌아다니면서 폐지를 주울 수 있을까. 그리고 그 노동의 대가로 몇천 원을 받아 들고서도 감사하면서 집으로 갈 수 있을까. 문득 이런 생각이 든다. 누군가가 뱉어놓은 껌처럼 이미 생기를 잃은 벚꽃잎을 보면서 나는 다시금 작은 것들의 슬픔에 깊이 공명하는 것이다. 이 공명은 어느새 폐지를 줍는 김 씨의 고된 삶으로 이어진다. 그리고 그건 또다시 나를 위해 울려 퍼진다.

'그래, 누군가의 주름지고 힘겨운 손을 잡아줄 그런 사람이 되자!'

이런 다짐, 이런 다짐으로 나는 작은 것들의 슬픔에 공명하는 것에서 큰 깨달음을 얻게 된다. 우리는 작은 것들의 슬픔에 공명할 준비가 된 사람들이다. 이 사실을 잊지 말아야 한다. 가슴 속에 달린 종을 울려라. 어떤 작은 것들이 지금 슬퍼하고 있는가. 바로 지금 그대 곁에서 울고 있는 사람, 동물, 식물. 그 모든 존재들이 그대를 더욱 성장시킬 값진 스승이다. 그러므로 우리는 따뜻한 시선으로 작은 것들을 관찰해야 한다. 조금이라도 더 많이 작은 것들에게서 슬픔을 발견하고 같이 아파하기 위해서.

숲처럼 포근하게 ···

가을이 무르익은 어느 날, 메타세쿼이아 숲에 간 적이 있다. 최대 높이 35m에 이르는 거목. 우러러볼수록 더 높아 보이는 나무는 마치 하늘을 뚫을 듯 서 있었다. 그 당시의 나는 많이 지쳐 있었다. 반복되는 일상에 그리고 삶의 허무함에 젖어 들어 있었던 시기다. 그런 나를 메타세쿼이아들은 조용히 위로해 주었다.

"그동안 많이 힘들었지? 내가 어루만져 줄게."

찬란하게 쏟아져 내려오던 황금빛 나뭇잎 손들. 작지만 소중한 존재라는 듯이 메타세쿼이아 나무는 한 인간을 가만가만 쓰다듬는 것이었다. 친구랑 동백나무 숲에 간 적도 있다. 붉고 조그만 동백꽃이 흐드러지게 핀 그곳은 하나의 낙원 같았다. 그곳 역시도 나를 조용히 위로해 주었다.

숲은 치유의 그늘이다. 나는 그런 숲과 같은 존재다. 나란 존재는 언제나 숲처럼 포근한 존재이길 원한다. 그래서 오늘도 나는 글을 쓴다. 글을 쓰는 일은 내게 숲이 되는 과정이기도 하다. 지혜의 나무를 심어 책이라는 커다란 숲을 이루는 과정이다. 누구나 인간은 숲이 되는 과정을 거쳐야 한다. 우리가 한 그루의 나무라면 자신의 내재된 재능으로 숲을 이루어 인류를 포근하게 안아줄 수 있어야 한다.

어머니는 내게 숲과 같은 존재였다. 마흔이 훌쩍 넘어서 얻은 늦둥이 막내딸인 내게 항상 칭찬을 아끼지 않으셨다. 홀로 농사를 지으시며 힘들게 나를 키우면서도 항상 이렇게 말씀하셨다.

"우리 정미는 정말 똑똑하고 영리해."

"우리 딸 예쁘다. 네가 최고야. 공부도 잘하고 크게 될 거야."

항상 이런 칭찬의 말씀을 해주셔서 어린 나는 정말 내가 똑똑하고 영리한 사람인 줄 알고 더 열심히 공부했다.

단 한 번도 어머니는 내게 '왜 이렇게 미련하니, 멍청하니.' 이런 부정적인 피드백을 주지 않으셨다. 항상 긍정이 가득한 칭찬의 말씀을 해주셨기 때문에 나는 실패할 때마다 어린 시절 어머니께서 해주신 말씀을 버팀목 삼아 다시 일어설 수 있었다. 어머니는 진정 내게 숲이셨던 것이다. 병든 폐를 낫게 하는 숲속의 피톤치드처럼 병든 인간을 치

유하는 건 한마디의 칭찬과 미소일 수 있음을 기억하라. 어머니는 자신을 한 그루의 나무에서 마치지 않으셨던 것이다. 백정미라는 딸을 숲처럼 감싸 안고 무한 긍정의 에너지를 안겨 주어서 마침내 작가로 키워 내신 것이다. 어머니의 일생은 메타세쿼이아 숲처럼 아름다웠다.

우리는 숲처럼 포근한 존재가 될 수 있다. 내가 할 수 있는 것을 하라. 내가 할 수 없는 것에 연연하지 말고 자신이 할 수 있는 것을 하는 것이 숲이 되는 첫 번째 순서다. 내가 잘하는 일을 함으로써 자신감을 얻을 수 있다. 그리고 한 그루의 나무에서 숲이 될 수 있는 씨앗을 얻어낼 수 있다. 내가 잘하고 하고 싶은 일을 하면 실패를 하든 성공을 하든 별다른 타격을 입지 않는다. 왜냐하면 실패하면 내가 잘하고 하고 싶은 일이니 쉽게 다시 도전할 수 있고 성공을 하면 내가 잘하고 하고 싶은 일이니 자만하지 않고 더 높은 단계로 성장해 나갈 수 있기 때문이다.

또한 숲처럼 포근한 존재라면 분노의 사슬에 묶여서 허우적거리지 말아야 한다. 타인에게 화를 낸다거나 부정적인 말을 삼가는 것이 중요하다. 다른 사람을 향한 손가락이 하나라면 나를 향한 손가락은 넷이다. 타인에게 화를 낸다는 건 숲처럼 포근한 존재가 아니라 가시덤불처럼 고통을 창출해 내는 존재가 되는 지름길이다. 자신이 잘하는 일에 집중하고 그것으로 다른 이들이 미소 짓게 하는 것, 그리고 분노와 부정적인 언어를 자제하고 그런 행동을 멈추는 것은 내가 숲이 되는 길에 반드시 갖추어야 할 덕목이다.

별에게서 배우다

일정한 온도에 다다른 원시별이 수소 핵융합 반응을 일으키면 별의 시초가 된다. 무언가가 탄생한다는 것만큼 경이로운 일은 없을 것이다. 그러나 진짜 별은 온도가 낮은 성운에서만 형성된다는 사실을 아는 사람은 드물다. 온도가 낮아야 기체의 분사 활동이 저하되면서 응집되기 때문이다. 높은 온도에서는 별이 만들어질 수 없다.

사방이 고요한 밤, 보석처럼 흩뿌려진 별을 보면서 나는 문득 사색에 잠긴다. 추울수록 더 아름답게 형성되는 별. 사람도 그와 같지 않을까. 인생의 추위라 할 수 있는 고독과 온갖 시련을 이겨내야 비로소 삶이 완성된다고 생각해본다. 별은 정말 아무렇지 않은 듯 밤하늘에서 반짝이고 있다. 낮은 온도에서 겪었을 어떤 어려움에 대해 우리에게 한탄하지 않는다. 다만 지금 있는 그대로의 모습으로 반짝이며 어두운 밤하늘에 빛이 되어주고 있는 것이다. 그 모습은 마치 현자와 같다.

자기 아내를 지인들에게 흉보는 남편이 있다.

"우리 마누라는 말이야, 요리도 제대로 못해!"

혹은 그 반대의 경우도 있다.

"우리 남편은 돈도 많이 못 벌어! 정말 무능력한 인간이야!"

그들은 자신의 언행이 정당하다고 생각한다. 하지만 입장을 바꿔 자신의 배우자가 그런 행동을 하고 있다고 생각해 본다면 아찔할 것이다. 자신의 신세를 한탄하는 것만큼 어리석은 일도 없다.

우리는 별에게서 배워야 한다. 추우면 추울수록 별처럼 아름답게 빛나야 한다. 그런 인성을 갖추어야 한다. 춥다는 건 어려운 환경이 주어진 상태다. 어려운 상황, 어려운 사람 모두 해당한다. 어떤 사람에게 치명적인 단점이 보여도 절대로 다른 사람들에게 그를 험담해서는 안 된다. 그것은 별의 지혜이기도 하다. 누군가를 험담한다는 건 자신의 인생에 대한 한탄이다. 그렇지 않은가. 어떤 이가 자신의 인생에 감사하면서 누군가를 험담하겠는가.

"난 내 인생이 정말 감사해. 그런데 말이야 저 사람은 이

점이 못마땅해!"

이런 사람은 없다. 친구의 단점에 대해 다른 친구에게 말하기 전에 자신을 점검하는 지혜가 필요하다.

'나는 별처럼 자신의 주어진 운명에 감사하고 영롱하게 빛나고 있는가?'

그런 작은 질문 하나가 누군가에 대한 험담을 하지 않게 도와줄 것이다. 나 자신에게 주어진 것들에 만족하고 감사하면 불평불만, 험담 등을 하지 않는다. 모든 것은 내가 선택한 것의 결과라는 것을 알아야 한다. 어떤 일이 벌어지더라도 우리는 별처럼 겸허하게 빛나야 한다. 나의 삶이 참 눈물겹게 힘들어도 그렇게 해야 한다.

오래전 기억 속에 친구와 내가 별을 바라보고 있다.

"별들이 참 아름답다, 정미야."

친구가 별을 보면서 눈을 반짝이며 말한다.

"응, 정말 예쁘다. 별처럼 살았으면 좋겠다. 청아하고 맑고 깨끗하게. 우리 인생이 그런 인생이 되었으면 좋겠다."

"나도 그래. 우리, 별처럼 살자."

그로부터 수십 년이 지난 지금 친구는 어디에 사는지 알수가 없다. 그러나 그 순간 서로 별을 바라보면서 다짐하던 마음은 나나 친구나 변하지 않았다. 낮은 온도에서 더 옹골지게 완성되는 별처럼 우리도 춥고 고단한 인생의 사건들을 겪어내면서 더 단단해진다. 그러므로 자신의 인생에 대해 감사하는 마음으로 살기 바란다.

누군가에 대한 원망이나 험담은 이제 자신과 무관한 것들이다. 별의 지혜가 그대의 가슴속에서 부정적인 요소들을 밀어낼 것이기 때문이다. 별을 바라보면서 나는 사색한다. 좀 더 겸허하게, 좀 더 아름답게 살기를 기도한다.

내면을 탐구하다

• • •

스페이스X의 세계 첫 민간 유인 우주선 크루 드래건이 우
주정거장에 도착했다. 이 소식은 미 전역에 생중계되었다.
그리고 전 세계인들의 이목을 단숨에 사로잡았다.

"이제 드디어 민간인들이 자유롭게 우주를 오가게 되는
세상이 오는 건가."

이렇게 사람들은 기뻐했다. 왜 인간은 끝없이 우주를 탐
구하는 것일까. 그것은 우리가 아직 우주라는 것에 대해 정
확한 정보를 얻지 못했기 때문이다. 그 실체를 확실히 알
수 없으므로 끊임없이 호기심이 생긴다. 궁금해지고 그것
에 대해 탐구하고 싶어진다. 그렇다면 '나'는 어떤가. 우리
자신에 대한 탐구를 진지하게 해본 적이 있을까.

우주선을 타고 우주를 탐사하는 것도 중요한 일이다. 하
지만 더 중요한 건 자기 자신이란 우주를 탐구하는 것이 아
닐까 싶다. 그 깊이와 폭을 측량할 수 없는 우주보다 더 난

해한 것이 바로 '나'란 존재다. 나란 존재에 대한 탐구, 즉 내면을 탐구하는 일은 우리가 무엇보다 우선시해야 하는 일이다.

　우리가 가장 흔하게 접하는 침대 중 온돌 침대가 있다. 부모님께 효도 선물로도 인기인 침대다. 여기에는 주로 원적외선이 방사되는 돌만을 사용한다. 그래서 혈액 순환에 도움을 주고 신진대사를 촉진해주며 자세 교정, 척추의 보호에 도움을 준다. 원적외선이 무엇인가. 적외선 가운데 가장 파장이 긴 영역이다. 열에 의해 달궈진 물질의 표면에서 방출되지만 눈에는 보이지 않는다. 그렇지만 많은 효능을 가지고 있어서 사람들에게 이로움을 준다. 몸을 따뜻하게 하며 피를 잘 순환하게 한다. 심지어 체내 중금속을 배출시키며 해독 작용까지 한다. 이런 원적외선이 우리의 내면에도 있다는 사실을 아는가.

　나는 내면을 탐구하기를 좋아한다. 그러나 그 일은 결코 만만한 일이 아니다. 내 안에 있는 원적외선을 찾아내는 작업이기 때문이다. 눈에 보이지 않지만 나는 물론 타인에게도 이로움을 줄 수 있는 것을 추출하는 일이다. 그렇게 하기 위해서는 나는 더 깊이 나 자신을 응시해야만 한다. 장인 정신을 지닌 장인의 눈빛으로 응시해야 한다.

고개를 들어 밖을 살피는 일은 쉽다. 하지만 고개를 숙여 자기 자신의 내면을 바라보는 일은 결코 쉽지만은 않다. 왜냐하면 그것은 나 자신의 단점과 마주해야 하는 시간이기 때문이다. 고개를 들어 타인의 모자란 점을 바라보기는 쉽다. 하지만 고개를 숙여 나 자신의 모자란 점을 인정하기는 쉽지 않다.

나는 고통스럽지만 나의 부족한 점, 단점들을 들여다본다. 완벽하지 않은 태도, 타인에 대한 편협한 시선, 판단, 미래에 대한 불안 등. 수많은 단점과 부족한 점들이 있다. 그러면서 동시에 나는 나의 장점들을 또한 들여다본다. 집중하는 태도, 삶에 대한 긍정적 자세, 타인에 대한 긍정적인 시선. 단점과 장점을 하나도 빠지지 않고 완벽하게 탐구할 수 있을 때 비로소 따뜻한 온기가 느껴진다. 그것이 바로 나란 존재의 인간적인 원적외선이다. 눈에 보이지 않지만 나와 타인을 이롭게 만들어 주는 것.

이것의 이름은 관용이다. 이미 한번 책 한 권을 통째로 관용에 관해 쓴 적이 있다. 그렇게 써놓고도 관용에 관해 나는 아직도 쓰고 싶다. 그만큼 값진 것이기 때문이다. 나에게 있는 단점과 장점을 아우르고 타인에게 있는 모든 단점과 장점을 아울러 우리는 관용이라는 원적외선으로 세상을 따뜻하게 데워야 한다. 우리의 내면에 있는 여러 가지 감정들과 생각들은 결국 관용이라는 가치에 의해서 올바른 길로 갈 수 있다.

내면을 탐구하는 나는 볼수록 매력적인 존재다. 나는 이런 자신이 '아름답다'고 느낀다. 진정 아름다운 사람은 자기 자신의 내면을 가감 없이 들여다볼 줄 아는 사람이다. 그리고 아무런 조건 없이 자신과 타인을 용서하는 사람이다. 우리 인생의 완성은 관용에 의해서다. 내 안에 있는 것들이 무엇인가에 대해 부정적인 판단을 하고 있다면 그것은 바로 관용이 부족해서이다. 나의 삶이 힘들고 어렵다면 그것 역시 관용이 필요하다는 일종의 신호이다.

나는 매일 깨닫는다. 나의 부족한 면과 단점을 너그럽게 용서하듯이 타인의 부족한 면과 단점을 너그럽게 용서해야만 인생이 행복해질 수 있다는 사실을.

봄날의 히아신스   · · ·

화창한 봄날, 차를 타고 가는데 눈부신 자태의 꽃들이 날 멈추게 했다.

"가장 향기가 좋은 꽃은 어떤 꽃인가요?"

도로변에 임시로 설치한 꽃가게 주인아주머니는 내가 묻자 환하게 웃으며 말했다.

"이 꽃이 향기가 참 좋아요."

"꽃 이름이 뭔가요?"

"히아신스. 한번 맡아보세요."

그녀의 추천을 받고 나는 망설임 없이 노란 히아신스가 피어 있는 화분을 사서 집에 돌아왔다. 향기가 얼마나 진하던지 작은 우리 집에 히아신스가 들어오자 온 집 안이 꽃향기로 가득했다. 마치 향수를 몇 통 쏟아부은 것 같았다. 그렇게 하루, 이틀, 사흘……. 영원할 것 같던 꽃향기는 점점 퇴색되어 갔다. 꽃잎은 점점 시들시들해지고 잎은 누렇게 말라 갔다. 물을 주어도 살아날 기미를 보이지 않는 모습. 향기를 잃어가는 히아신스를 보는 일이 점점 힘들어졌다. 자꾸 마음이 아파서 더 이상 동거하기 힘들어졌다.

어느 날, 히아신스는 집 안에서 집 밖으로 나가 있게 되었다. 미안하지만 어쩔 수 없었다. 같이 지내기가 불편해졌기 때문이다.

젊고 아름다울 때는 많은 사람들이 환영한다. 그러나 늙고 병들면 같은 사람인데도 대우가 달라진다. 히아신스처럼 인간은 누구나 점점 생기를 잃고 시들어가게 되는데 그 사실을 알면서도 상대방이 변해가는 걸 인정해주지 않는다. 나이가 들고 기력이 쇠해져도 그 사람의 인격은 살아있다. 히아신스가 향기를 잃고 잎이 말라 가도 히아신스인 것처럼 말이다.

부모님의 어린 시절 사진을 본 적이 있을 것이다. 얼마나 찬란한 시절이었는가. 그러나 현재의 부모님은 세월의 풍파에 늙고 병들어 계실 것이다. 그런 부모님을 보고 한숨을 쉬는 자식이 있다면 어떨까.

"다 늙은 노인네들이 만날 잔소리만 해."

이런 아들이나 딸이 있다면 얼마나 서러울까 싶다. 누구나 나이가 들면 부모가 되거나 결혼을 하지 않은 사람은 웃어른이 된다. 자신의 미래의 모습이 바로 노인이라는 점을 명심해야 한다. 그들을 공경하는 건 자신의 미래를 공경하는 것이나 마찬가지다. 나는 나보다 웃어른들을 공경해야 겠다고 늘 생각한다. 가장 기본적인 것이지만 그것을 실천하기란 쉽지 않은 것 같다.

젊은 시절의 나와 나이 든 지금의 나를 놓고 본다. 젊은 시절의 나는 겉으로 보기에는 참 싱그럽고 예쁘다. 지금의 나와는 외모에서는 앞선 듯싶다. 하지만 젊은 시절의 나는 아직 덜 여문 풋사과처럼 어설프다. 인생을 바라보는 시선, 타인을 대하는 태도. 모든 면에서 지금의 나보다는 부족하다. 나는 지금의 내가 좋다. 여러분도 분명 과거의 나보다는 지금의 내가 향상되어 있을 것이다. 비록 외모는 그 시절만 못하지만 내적으로의 성숙은 지금의 내가 낫다고 할 수 있다. 그 이유는 무엇일까.

그 이유는 우리가 무수한 시련을 이겨내었기 때문이다. 들판에 핀 야생화처럼 비와 바람을 맞고 꿋꿋이 피고 졌기 때문이다. 모든 꽃은 시들어 간다. 그리고 향기롭던 시간은 짧다. 사람도 젊은 시절은 길지 않다. 하지만 나이가 들어가면서 우리는 더욱 아름다워질 수 있다. 시련을 이겨 낸 지혜가 인간을 향기롭게 만들어 주기 때문이다.

"가장 향기가 좋은 사람은 어떤 사람인가요?"

라고 누군가가 내게 묻는다면 나는 이렇게 대답해주고 싶다

"지금의 자신의 모습을 사랑하고 과거의 시련으로부터 삶의 지혜를 얻은 사람입니다."

우리 주변에서 향기를 잃어가는 히아신스인 웃어른들을 본다면 따뜻한 목소리로 인사를 건네자. 그분들이 다시 한 번 인생의 찬란한 시절을 맞이하기를 바라자. 나는 곧 노인이 될 것이고 누구나 그렇게 될 것이다. 향기를 잃어가기 전에 우리는 영원히 사라지지 않을 인격의 향기를 만들어 놔야 한다. 그 향기는 결코 사라지지 않는다. 내면의 꽃이 만들어 내는 불멸의 향기이기 때문이다.

작은 아이디어 하나

학창 시절에 친구들과 사 먹던 고소한 붕어빵의 맛을 잊을 수가 없다. 앙증맞은 붕어 모양의 머리부터 먹을까, 꼬리부터 먹을까 그렇게 고민하던 나와 친구의 모습도 살짝 떠오른다. 붕어빵 안에 든 팥소는 어쩌면 그렇게 달콤하고 맛있던지.

그런 붕어빵으로 성공한 사람의 이야기가 들린다. 평범한 붕어빵으로 유명해진 그 사람의 비결은 바로 붕어빵에 치즈를 넣은 것이다. 요즘 붕어빵에는 크림이 들어가 있기도 하다. 단팥과 크림 두 가지 맛을 파는 붕어빵 장사는 많지만 거기에 치즈를 넣은 사람은 드물다.

나는 이 이야기의 붕어빵 가게 사장님처럼 평범함 속에서 특별함을 추구한다. 평범하다는 것은 보통, 그럭저럭, 그런 느낌이 든다. 그다지 나쁘지도 않고 좋지도 않고 무던한 것이 평범하다는 말에서 풍기는 이미지다. 우리의 삶이 그렇게 평범하게만 살다가 끝난다면 얼마나 허무할까.

나는 평범함에서 특별함을 추구하는 존재다. 반드시 그 래야만 한다. 왜 그렇게 해야 하는가. 그 질문에 대한 해답 은 어렵지 않다. 인간은 모두 특별한 일을 수행하기 위해 태어난 존재들이기 때문이다. 자신만의 특별함을 발견해낼 때 비로소 사람은 행복함을 느끼게 된다. 만일 어떤 사람이 태어날 때의 평범함 그대로 일생을 아무런 발전 없이 살다 가 죽는다면 어떻겠는가.

특별함을 갖게 되려면 특별함을 추구해야 한다. 바라는 대로 이루어진다는 말은 수없이 들어왔지만 그건 불변의 진리다. 특별한 존재가 되기를 추구하면 특별한 존재가 되 는 것이다. 그것은 의지와 노력의 산물이다. 특별해지고자 하는 의지, 특별해지기 위한 노력이 병행되어야만 특별한 삶을 사는 특별한 존재가 되는 것이다. 나는 그런 특별한 존재가 되길 간절히 바란다.

"당신은 참 평범해!"

이런 말을 듣고 크게 기분 나쁠 것도 없지만 그렇다고 그 말을 듣고 기분 좋다는 사람도 드물 것이다. 마치 그 말은 당신은 별 볼 일 없는 사람이야, 라고 들리기도 하기 때문이 다. 우리는 평범함을 거부해야 한다. 붕어빵의 평범함을 치즈를 넣음으로써 특별하게 만드는 것처럼 특별해지는 것은 그다지 어려운 일은 아니다. 반짝이는 작은 아이디어 하나로 누구나 특별함의 영역에 들어설 수도 있다.

감 농사를 짓는 농부가 있다고 하자. 감을 따서 그냥 팔면 평범한 감 농부가 될 것이다. 하지만 그 감으로 감말랭이를 만들거나 감 차를 만들거나 감 빵을 만들어서 판다면 특별한 감 농부가 되는 것이다. 어떤 농부는 평범한 감자로 감자 빵을 만들어서 유명세를 얻기도 했다. 글을 쓰는 작가도 마찬가지다. 남들 다 쓰는 평범한 것들을 쓴다면 주목받기가 힘들다. 평범한 이야기라도 자신만의 특별한 글솜씨로 차별화를 이룰 때 베스트셀러를 넘어 스테디셀러가 되는 책을 쓸 수 있을 것이다.

이것을 조금 더 확대해서 보자. 한 사람이 인생이라는 선물을 받았다. 그 사람은 평범하게 일평생을 마칠 것인지 특별하고도 신비로운 일생을 살 수 있는 것인지를 선택해야만 한다. 여러분이라면 어떤 삶을 살고 싶은가. 물론 평범한 일생이 나쁘다고 할 수는 없다. 하지만 그것은 우리에게 삶이라는 선물을 주신 신에 대한 예의가 아니다. 이 우주의 절대자는 인간에게 특별한 존재가 되라고 하신다. 아주 멋지고 특별한 존재가 되어 아름답게 반짝이라고 하신다.

나만의 특별함을 발견하려는 마음가짐이 필요한 시기다. 거칠고 볼품없는 다이아몬드 원석을 연마해 값진 다이아몬드를 만드는 세공사의 심정으로 자신의 재능을 향상시켜야 한다. 그대는 어떤 특별함을 지녔는가. 내가 지닌 특별함을 발견하기 위해서는 내 인생을 조금 더 향상시키겠다는 의지가 필요하다. 평범한 삶을 살다 한 번뿐인 삶을 마감한다면 얼마나 안타까운 일이겠는가.

사람은 누구나 특별해질 이유가 있다. 그 이유는 삶의 진정한 의미가 나만의 특별함을 찾아 별처럼 빛나는 것이기 때문이다.

한없이 고요하게

하얀 눈이 펑펑 내린 어느 겨울날이다. 눈은 내게 수많은 상념들을 불러일으킨다. 이 지구상에서 가장 깊은 곳은 어디일까. 문득 궁금해진다. 가장 깊은 바다는 태평양에 있는 마리아나 해구다. 이 해구는 에베레스트산을 넣어도 남을 정도의 어마어마한 깊이다. 에베레스트산의 높이가 무려 8,800미터가 넘는다는데 그것보다 더 깊다니. 마리아나 해구의 깊이는 감히 생각하기 어려운 깊이가 아닌가.

하지만 나는 마리아나 해구보다 더 깊은 곳을 알고 있다. 그곳은 바로 내 자신의 바다에 있는 백정미라는 해구다. 태평양의 마리아나 해구보다 더 깊고 고요한 그곳은 내가 나라는 것을 온전히 실감하는 곳이다. 모든 잡념을 차단하고 완벽히 나와 마주 설 때만 만날 수 있는 백정미 해구.

나는 한없이 고요한 존재다. 세상을 살아보니 삶의 모진 풍파는 어김없이 찾아왔다. 모든 사람들이 나를 좋아하고 칭찬할 수는 없을 것이다. 어떤 이는 나에 대해 좋은 느낌을 갖고 친절하지만 또 어떤 이는 나에 대해 나쁜 느낌을 갖고 비난을 하게 된다.

어떤 일은 나에게 기쁨을 주지만 어떤 일은 나에게 슬픔을 준다. 이런저런 비바람 같은 인생의 시련들이 내게 찾아올 때 나는 나만의 해구를 찾아간다. 그곳에서 안식을 얻는다. 나는 한없이 고요한 존재이기 때문에 어떤 어려운 일이 생겨도 흔들리지 않는다.

바람개비는 바람이 불면 신나게 돌아간다. 하지만 우리가 바람개비처럼 인생의 바람이 불 때마다 중심을 잃고 흔들린다면 어떻게 되겠는가. 바람개비처럼 일희일비하지 않고 내가 나를 지키며 사는 방법은 간단하다. 자기 자신을 믿고 자신의 직관을 믿어야 한다. 어려움이 닥칠 때 어떤 목소리가 내면에서 들릴 것이다. 마치 동굴에서 들려오는 절대자의 목소리처럼 아련하게 들려오는 말.

"이렇게 해봐!"

이것이 나라는 해구에서 들려오는 지혜의 목소리다. 우리의 고요한 자아가 해구에 머물면서 삶의 위기가 왔을 때에 들려주는 목소리인 것이다. 이 소리를 귀담아들어 보자. 이 소리가 그대를 살릴 것이다. 인간만큼 지혜로운 존재가 없다. 그것은 신이 우리를 그렇게 만들어주셨기 때문이다. 그러나 아무리 지혜로운 존재라도 그 지혜를 획득하지 못하면 소용이 없다. 그 획득의 비법이 바로 한없이 고요한 존재가 되는 것이다. 그리고 한없이 고요한 내면의 해구가 들려주는 인생의 지혜를 귀담아듣는 일이다.

한없이 고요한 존재가 되지 못한 사람의 삶은 어떠한가. 그런 사람은 사람들을 상대할 때마다 매우 민감하다. 상대방이 무슨 말을 하는지 마치 전쟁터에 나선 군인처럼 노려본다. 어떻게 하면 상대방에게서 단점을 찾아낼까 늘 궁리중이다. 그래서 자신의 마음에 들지 않는 말을 상대방이 하면 재빨리 비난의 화살을 쏜다. 그리고 불행이 자신을 찾아오면 평정심을 잃고 휘청거리다 가족과 친구들까지도 껴안고 추락하고 만다. 요즘 들어 더욱 자주 발생하는, 가족을 살해하고 자신도 자살에 이르는 사건들이 극단적인 예이다. 그에게는 고요함, 즉 자신을 다스릴 내면의 지혜가 없었기 때문에 그러한 비극에 도달한 것이다.

내가 힘겨울 때 진정으로 나를 다독여주고 위로해주는 것은 결국 타인이 아니라 나 자신이다. 그런 나 자신의 소중함을 깨닫는 것이 첫 번째 일이다. 소란한 사람은 그런 생각을 할 겨를이 없다. 고요히 자신을 응시하고 인생을 관조할 줄 아는 사람만이 얻을 수 있는 지혜이므로.

　나에게 고요함은 한 그릇의 밥보다 소중한 것이다. 밥이 없으면 며칠 굶어도 살 수 있지만 고요함의 시간이 없으면 하루도 살기가 어렵다. 왜냐하면 모든 번민과 고통은 고요함이 사라진 자에게 찾아오기 때문이다.

실패를 다스리는 최고의 방법 ···

"이 녀석은 순하고 착해요. 한 마리 드릴게요."

지난해 봄 지인의 집에서 검은색 새끼 고양이 한 마리를 데려왔다. 강아지는 길러 보았지만 고양이는 처음이라 우리는 서로 낯선 만남이었다. 녀석은 무척 귀여웠다. 이제 갓 엄마 젖을 뗀 보송보송한 아기 고양이는 보호해 줘야만 하는 갓난아기 같았다. 처음에는 우유를 먹고 참치 캔을 먹더니 어느 날부턴가 사냥을 하는지 흙을 잔뜩 발에 묻히고 들어왔다. 그리고 얼마 후에는 새 한 마리를 잡아 왔다. 몇 번의 실패를 겪고 드디어 고양이는 스스로 사냥을 하게 된 것이다.

새끼 고양이에게 사냥 법을 가르쳐 주는 이는 아무도 없었다. 왜냐하면 지인의 집에서 엄마와 다섯 마리 형제들과 지내던 고양이를 집에 데리고 왔기 때문이다. 고양이는 오직 혼자서 밭과 논과 들판을 돌아다니면서 사냥을 연습했던 것이다. 고양이가 한 번에 사냥을 성공하지 못했음을 나는 안다. 처음에는 작은 곤충을 잡기 위해 발버둥 치던 모습을 봤기 때문이다. 작고 앙증맞은 발로 어떻게든 곤충을 잡으려고 노력하던 고양이의 모습이 무척이나 인상 깊었다.

여러 번의 실패에도 새끼 고양이는 포기하지 않고 낙담하지 않았다. 만약에 그랬다면 새를 잡는 일은 없었을지도 모른다. 어린 고양이 한 마리도 실패에 무릎 꿇지 않는데 만물의 영장인 인간이 실패에 좌절을 해선 안 되지 않겠는가.

나는 실패하더라도 웃을 수 있는 존재다. 지금까지도 그래 왔고 앞으로도 그럴 것이다. 그것이 신께서 내게 주신 긍정의 힘이다. 이 세상에 숨 쉬고 살아 있는 모든 동식물은 고난이라는 시간의 터널을 지나야만 한다. 고난은 실패와 같은 말이다. 무수히 많은 실패들이 인간에게 고난이라는 달갑지 않은 선물을 한다.

어릴 적 우리 집에는 감나무가 있었다. 태풍이 지나가고 나면 무수히 많은 감꽃과 잎이 떨어져 있었다. 그렇다고 해서 감나무가 포기하는 것을 보진 못했다. 뿌리가 뽑히지 않는 한 계속해서 잎을 틔우고 감꽃을 맺어서 결국 감이라는 달콤한 성공의 열매를 얻는 것이다. 작은 나무 한 그루, 풀

한 포기조차도 모진 비바람과 눈보라 등 악천후라는 일종의 실패를 겪어야만 한다. 열매를 맺기 위해 감나무는 태풍 속에서 열심히 자신을 지탱하기 위해 노력하지만 결국 수많은 꽃잎과 이파리를 땅에 떨어뜨리는 실패를 경험한다. 한 그루의 나무도 실패 앞에 포기하지 않는다. 그렇다면 우리는 어떠해야 하는가.

실패하더라도 웃을 수 있는 사람이 된다는 건 어떤 커다란 결심이나 엄청난 인내를 요구하는 게 아니다. 실패해도 웃을 수 있기 위해 필요한 건 작은 용기이다. 자기가 원하던 일이 이루어지지 않았을 때 어떤 태도를 보이느냐가 중요하다.

예를 들어 한 사람이 생애 처음으로 라면을 끓이는 일에 도전했다고 하자. 그 사람은 냄비에 물을 붓고 물이 끓으면 라면을 넣는 것을 상식으로 알고 있었다. 하지만 막상 자신이 라면을 끓여보려니 물을 얼마나 넣어야 하는지 가늠하기가 어려웠다. 그래서 대충 물을 넣고 끓였다. 결국 라면은 너무 많은 양의 물로 인해서 싱겁고 맛없게 되었다. 그가 끓여준 라면을 먹은 가족이 핀잔을 한다.

"라면에 물을 너무 많이 넣었잖아. 너무 싱겁고 맛없어!"

이런 핀잔을 들은 그가 그 말에 상처를 받고 다시는 라면을 끓이지 않기로 결심했다면 어떻겠는가. 그러나 그 반대로 가족의 핀잔과 자신의 실패에 대한 스스로의 자괴감에도 불구하고 용기를 내어 며칠 후에 라면을 끓인다면 분명히 처음보다는 나은 라면을 먹을 수 있게 될 것이다. 그렇다. 작은 용기가 모든 실패를 이겨내는 첫 발걸음이다. 여러분의 삶에 실패는 언제든 찾아오게 될 것이다. 그것은 밤이 오면 캄캄한 어둠이 찾아오는 것과 같은 자연의 이치다.

그러므로 자신의 삶에 실패가 찾아오더라도 의기소침하지 말고 울지 말라. 좌절하지도 말고 자신의 무능함을 탓하지도 말며 환경을 탓하지도 말고 부모님을 원망하지도 말라. 오직 나 자신의 용기에 기대어 다시 웃어야 한다. 나란 존재를 믿고 다시 성공의 사다리를 오르는 것이다. 분명히 나는 이 세상에서 멋지게 성공할 사람이라는 것을 믿고 당당하게 웃으면서 다시 일어서는 것. 그것만이 우리에게 불청객처럼 찾아온 실패를 다스리는 최고의 방법이다.

사하라 사막과 사막여우

최고 기온 영상 50도 최저 기온 영하 20도, 극과 극의 온도가 교차하는 곳이 있다. 바로 사하라 사막이다. 이 지구상에서 가장 큰 사막 사하라. 서쪽으로 대서양과 동쪽으로는 나일강, 북쪽으로 아틀라스산맥에 걸친 이곳은 마치 죽음의 사막과 같다. 끝없이 펼쳐진 모래밭과 턱없이 적은 강수량. 이런 사막에는 그 어떤 생명체도 존재할 수 없을 것 같다.

그런데 이런 광활하고 막막해 보이는 사막에 생명체가 있다면 믿을 수 있겠는가. 푸르른 풀 한 포기 구경하기 어려운 사하라 사막에 살고 있는 동물이 있다. 그건 바로 사막여우다. 뜨겁고 메마른 죽음의 사막과 같은 그곳에서 생존하고 있는 사막여우를 보라. 그에 비하면 우리는 얼마나 좋은 환경에서 살고 있는가. 언제든 깨끗한 물을 마실 수 있고 하루 세끼 밥을 먹을 수도 있으며 심지어 여름에는 에어컨으로 더위를 피할 수 있다. 그런데도 불구하고 사막여우보다 훨씬 좋은 환경에 살면서 삶을 포기하려는 사람들이 많다.

꿈을 버리고, 아니 꿈꾸는 것조차 귀찮아하면서 자신에게 주어진 한 번뿐인 삶을 낭비하는 이들이 있다. 그건 사막여우에게 정녕 부끄러운 일이 아닐까. 인간으로서 부끄러운 일이 아닐 수 없다.

꿈이 구체적으로 무엇인지 몰라서 꿈을 가지지 못한 사람도 있다. 그렇다면 먼저 꿈이 무엇인지 생각해 보자. 꿈이란 자기 자신이 궁극적으로 되고 싶은 최종적인 것이다. 여러분이 궁극적으로 되고 싶은 최종적인 것이 무엇인가. 꿈은 인간의 DNA에 태어날 때부터 아로새겨진 자아실현의 욕구이다. 그러므로 모든 인간은 꿈을 꿀 수 있는 원료를 지니고 있는 셈이다. 자신의 꿈을 발견해 내는 일은 자신 안에 내재된 꿈의 DNA를 찾는 일이라고 할 수 있다.

나는 꿈꾸는 존재다. 나는 꿈을 지니고 꿈을 향해 한눈팔지 않고 걸어간다. 아무리 힘겨워도 꿈을 포기하지 않을 것이다. 사막여우는 뜨겁게 내리쬐는 사하라 사막의 햇볕 속에서 꿈을 버리지 않았다. 그건 살겠다는 꿈이었을 것이다. 어떻게든 이 척박한 사막에서 생존해내겠다는 꿈을 지녔기 때문에 지금까지 살아남은 것이 아니겠는가.

나 역시도 사막여우처럼 꿈을 꾼다. 내 꿈은 간단하다. 역사적으로 길이 남을 좋은 책을 쓰는 작가가 되는 것이다. 내 책으로 많은 이들이 위로받고 삶의 지혜를 얻는 일이다. 그런 꿈을 지니고 살아가기 때문에 외롭지 않다. 그리고 전혀 힘들지가 않다. 내가 만일 꿈 없이 하루하루 살아간다면 나는 너무나 지칠 것이다. 막막한 사막 위에 맨몸으로 던져진 것처럼 좌절할 가능성이 높다. 왜냐하면 꿈은 인생의 방향타이고 인간의 삶을 지탱해 주는 최고의 활력소이기 때문이다.

꿈이 없는 사람은 죽은 사람이다. 이미 죽어서 무덤에 들어간 사람만이 꿈이 없는 것이니 만일 어떤 사람이 꿈 없이 살아간다면 그는 산 채로 지금 스스로 무덤에 갇혀 있는 셈이다. 극단적인 표현이라고 말할 수도 있지만 다시 한번 강조하지만 꿈이 없는 삶은 죽은 삶이다.

그러므로 그대여, 지금 당장 꿈을 가져라. 지금까지 삶이 무미건조했다면 그건 그대가 꿈을 지니지 못한 채 살아왔기 때문이다. 만일 오늘이라도 꿈을 지니게 된다면 일분일초가 즐거워서 웃음이 나올 것이다.

몸이 허약하다고 보약을 찾는 사람들이 있다. 비타민을

먹고 홍삼을 먹고 각종 약재를 먹는 사람들이 있다. 하지만 그것들보다 우선적으로 복용해야 하는 약은 바로 꿈이라는 약이다. 그 어떤 보약이나 신비의 명약이라도 꿈이라는 약의 효능을 앞서가지는 못한다. 꿈은 죽어가는 이도 살릴 수 있다. 암 환자가 자신이 암에 걸린 것을 알고 꿈을 잃고 모든 걸 체념한 채 산다면 그는 결국 암에 정복당해 숨질 것이지만 암에 걸린 것을 알고서 완치되어 건강해지겠다는 꿈을 가지고 건강을 회복하기 위해 노력한다면 암이 완치되는 기적을 체험할 수 있을 것이다. 실제로 우리는 주변에서 그런 사람들을 많이 종종 마주치기도 한다. 말기 암에 걸렸지만 나을 수 있다는 희망과 꿈을 가지고 자신의 건강을 잘 관리해서 이제는 일반인보다 더 건강해졌다는 암 환자들이 많다.

황량한 사하라 사막에 살고 있는 사막여우는 커다란 귀를 가지고 있다. 그 귀는 혈관이 표면에 있어서 냉각장치 역할을 하고 그로 인해서 더위에 견딜 수 있다. 우리에게도 사막여우와 같은 귀가 필요하다. 꿈이란 피가 흐르는 커다란 귀를 가지고 이 삭막한 사막과도 같은 세상을 살아나가자. 꿈만 있다면 그대는 외롭지 않을 것이다. 꿈이 그대를 그 어떤 황량한 배경에서도 지켜줄 것이다. 꿈만 있다면 그

대는 슬프지 않을 것이다. 꿈이 그대를 가장 슬픈 순간에도 무너지지 않게 위로해 주고 용기를 줄 것이다.

　나만의 꿈, 내가 최종적으로 되고 싶은 그 무엇, 그것을 반드시 찾아라. 그리고 그 꿈을 향해 미친 듯이 달려가라. 그 길에 내가 그대를 밝은 목소리로 응원해줄 것이다.

　"할 수 있어. 넌 충분히 해낼 거야. 파이팅!"

내 안의 비밀 정원 ...

열 살 때 내가 주로 하던 생각은 '인생이란 뭘까? 나는 도대체 어디에서 비롯되어서 어디로 가는 걸까?' 이런 것들이었다. 그리고 간절히 원했던 것이 있었는데, 그건 바로 인생을 어떻게 살아야 하는지에 대한 지혜를 얻는 것이었다. 가만히 생각해 보면 그 어린애가 무엇을 얼마나 알아서 그런 것을 생각했는지 신기하기만 하다. 그러나 지금의 내가 열 살의 나를 어리다고만 치부할 수 없는 이유가 있다. 열 살의 나는 정말 순수하고 간절한 마음으로 삶의 의미를 구했기 때문이다.

열한 살이 되고 열두 살이 되고 열여덟 살이 되어서도 내 삶의 화두는 삶의 의미를 찾는 것이었다. 어린 정미의 주된 취미 생활은 노트에 고독한 인생에 관한 생각을 끼적이는 것이었다. 이미 태어날 때부터 나는 그렇게 작가 같은 성격을 가지고 있었다.

그런 내가 수많은 현실에서의 굴곡들을 견뎌내면서 조금씩 삶의 의미를 깨달아가고 있다. 아직은 많이 부족하지만 그것들을 글로 적어 책으로 내는 것이 내가 살아가는 이유가 되었으며 내 삶의 의미가 되었다고 할 수 있다.

우리는 누구나 삶의 의미를 찾아야 하는 과제를 부여받았다. 자신이 왜 사는지에 대한 고찰이 없다면 얼마나 무의미한 인생을 살게 될 것인지 아득하지 않은가. 자신만의 아름다운 비밀 정원을 가지고 있으면서 삶의 의미를 하나하나 찾아 기록하라. 내가 이 세상에 존재하는 이유에 대해 생각하다 보면 어느새 자신도 모르게 입가에 미소가 번질 것이다. 왜냐하면 그 시간은 모든 시간이 정지하고 오로지 자신과 마주하는 온전한 몰입의 시간, 즉 가장 행복한 시간이 될 것이기 때문이다.

내 안의 비밀 정원에 나는 날마다 삶의 의미를 기록한다. 이토록 아름다운 세상에 내가 지금 존재한다는 눈물 나게 고마운 사실을 기록한다. 아침에 일어나면 창밖에서 싱그럽게 웃고 있는 햇살을 보면서 삶의 의미를 깨닫고 길거리를 산책하면서 사람들의 정겨운 목소리에서 삶의 의미를 깨닫는다. 그렇게 깨달은 삶의 의미는 내가 우울하거나 화가 날 때 최고의 치유제가 된다. 삶이 의미 있어지면 하루가 지루할 틈이 없다. 내 삶이 의미 있는데 어떻게 지루하겠는가. 내가 하는 일, 내가 머무른 장소, 내가 만나는 사람을 사랑하자. 그것은 내 삶이 의미 있어지는 지름길이다.

나는 삶의 의미를 찾는 존재다. 언제 어디서든 무의미하게 존재하지 않는다. 매우 의미 있는 삶을 살 것이기 때문에 삶의 시간을 허투루 낭비하지 않는다. 한 순간 한 순간이 황금보다 귀하다.

밥을 먹는 시간도 책을 읽는 시간도 사람과 만나서 대화하는 시간도 글을 쓰는 시간도 그 무엇보다 소중하다. 그래서 내 삶은 날이 갈수록 풍요로워진다. 매 순간이 소중하니까 추억의 페이지를 넘겨보면 나 자신에게 부끄럽지 않게 된다. 자신의 삶이 지금 어디에 머무르는지 살펴보라. 절망의 페이지에 있다면 그건 삶의 의미를 아직 찾지 못했다는 방증이다.

그대의 삶의 의미는 스스로 찾을 수 있다. 그것은 직감에 의해서다. 왜 살아가야 하는지에 대한 해답을 구하라. 포괄적으로 우리가 왜 살아가야 하는지에 대한 지혜는 내가 여러분에게 줄 수 있다. 그대의 삶의 의미는 크게 본다면 그대 자신의 목적성을 이루는 것이다. 그 목적성의 구체적인 것은 그대 스스로 발견해 내야 한다. 그 일이 무척 힘들더라도 꼭 해야만 한다.

　내가 목표로 하는 것이 무엇인지 내가 바라는 것이 무엇인지 찾아내어라. 그리고 그것이 인류애적인 관점에서 정의로운지 점검하고 옳은 일이라면 그것을 삶의 의미로 삼아라. 그리고 전진하라. 오늘 이 순간부터 그 목적을 위해 달려가기 시작하면 그대의 삶은 진정 의미 있어질 것임을 약속한다.

운명과 다이너마이트 ...

17세의 베토벤은 고향 집을 떠나 당시 유럽 음악의 중심지였던 오스트리아 빈으로 향했고, 같은 해 그는 먼 타지에서 어머니의 임종 소식을 들어야 했다.

점점 청력을 상실해 가면서도 음악을 창작하는 데에 열중했던 베토벤. 나는 그런 베토벤의 교향곡 제5번 '운명'을 좋아한다. 마치 자신의 운명을 음악에 녹여낸 듯 강렬하면서도 애절한 운명을 듣고 있노라면 세대는 다르지만 베토벤과 나의 영적인 교류가 가능해진다. 형의 죽음 이후 사랑하는 조카의 후견인이 되고자 했지만 결국 조카를 친엄마에게 돌려보내고 슬퍼했을 그, 몇 명의 여인을 사랑했지만 결국 독신으로 살았던 베토벤. 어린 나이에 어머니를 잃은 슬픔을 음악으로 녹여낸 그의 삶은 가혹했지만 불멸의 음악을 탄생시켰다. 음악은 시대를 초월한 감동을 준다. 그것은 어쩌면 책과도 같다.

음악을 듣는 순간 나는 모든 근심과 걱정으로부터 자유로워진다. 한없이 자유로운 영혼이 됨을 느낀다. 베토벤의 운명에서 BTS의 다이너마이트에 이르기까지, 비틀스의 예스터데이에서 아이돌 그룹의 신나는 댄스곡까지, 나는 골고루 음악을 듣는다. 그중 가장 좋아하는 음악은 아이돌 그룹의 신나는 댄스곡이다. 그전까지는 잔잔한 발라드를 주로 좋아했지만 언젠가부터 신나는 댄스곡을 들으면 기분이 한껏 즐거워짐을 느꼈다.

음악을 들으면서 생각을 하면 무궁무진한 생각이 펼쳐진다. 마치 파란 가을 하늘에 갖가지 모양의 풍선들이 날아다니는 것처럼 내 머릿속에 생각의 풍선이 여기저기서 하늘하늘 날아오르고 있는 것이다.

삶이 권태로운가. 음악을 들어라. 인간에 대한 배신감이나 실망감으로 힘든가. 음악을 들어라. 우리에겐 음악이 있다. 그 훌륭한 것을 왜 활용하지 않는가. 음악으로 마음의 힘듦을 치유할 수도 있고 예방할 수도 있다. 그것은 의학적으로도 인정된 바 있다. 음악을 틀어준 식물이 그렇지 않은 식물에 비해 병해충에도 덜 걸리고 건강하게 잘 자랐다고 한다. 사람도 마찬가지일 것이다.

음악이란 영혼의 울림이다. 다른 이의 생각과 느낌 심지어 그의 일생까지도 음악에 실려 있다. 가사를 쓴 사람, 곡을 만든 사람, 녹음을 한 사람 등. 많이 이들의 노력으로 만들어진 것이 음악이다. 그래서 음악을 듣다 보면 눈물이 핑 돌 때도 있고 신나서 춤을 추게 될 때도 있다. 그것은 음악에 그것을 만든 사람의 감정과 인생이 투영되어 있기 때문이고 또한 그 음악을 듣는 우리의 마음이 투영되기 때문이다.

음악은 교류다. 사람과의 보이지 않는 교류이기도 하다. 음악을 좋아하는 사람이 악한 일을 행하기도 어렵다. 그는 많은 치유의 시간을 가졌기 때문에 악한 마음이 그렇지 않은 삶에 비해 덜하다. 그러므로 우리는 음악에 심취하는 시간을 가져야 한다.

한 사람의 일생을 본인에게서 이야기로 직접 듣는다면 얼마나 많은 시간을 들여야 할까. 책으로 한 사람의 일생을 다 읽기는 역부족일 것이다. 하지만 음악은 3분 정도의 시간으로 수많은 사람들의 일생을 느낄 수 있다. 그리고 무한한 상상의 날개를 펼칠 수 있다. 음악을 들으면서 나 자신의 과거와 현재, 그리고 미래. 인간의 선과 악, 문명의 이기심, 처절한 전쟁의 상처, 인간관계의 모순 등, 수없이 많은 것들에 대한 사색을 할 수 있다. 나는 음악을 들으면서 그러한 것들이 떠오름을 제지하지 않는다. 그것은 글을 쓰는 내 입장에서는 참으로 고마운 일이기 때문이다.

귀가 들리지 않는 베토벤이 먼지 낀 골방에 앉아서 운명을 작곡한다. 운명적인 운명을 창작하면서 그는 얼마나 운명에 대해 고뇌했을까.

우리는 각자의 자리에서 자신만의 음악을 연주하고 창작하는 존재들이다. 내 인생은 어떤 음악이 될까. 생각해보자. 비탄에 빠져서 슬픔을 전하는 음악이 될 것인가. 명랑하고 즐거운 말과 행동으로 행복을 주는 음악이 될까. 우리는 스스로 음악이다. 이 지구상에 살고 있는 지구인들은 모두 하나의 음표인 셈이다. 오늘 어떤 곡을 작사 작곡할지는 자신만이 알고 있다. 아름다운 음악을 들으면 아름다운 인생을 살 확률이 높아진다. 가끔 삶이 헛헛하다고 여겨질 때 음악을 듣자. 그 음악이 나를 조금 더 나은 인생의 길로 안내해 줄 것이다.

잠시 멈춤   ...

몇 시간 전에는 햇살 찬란한 아침이었는데 몇 시간이 지나니 캄캄한 밤이 되었다. 언제 태양이 떠 있었냐는 듯 하늘엔 캄캄한 어둠만 가득하다. 언제 살아있었냐는 듯 납골당에는 얼마 전까지 살아있었던 사람들이 모여 있다. 삶과 죽음이 찰나에 교차하는 것 같은 세상이다. 참, 덧없이 흘러간다고 생각하면 한없이 덧없는 것이 시간이다.

단발머리의 귀여운 소녀였던 내가 어느덧 인생을 관조할 나이가 되었고 나의 곁에서 영원히 함께하실 것만 같았던 어머니는 십여 년 전 하늘의 별이 되셨다. 고향의 산과 들판을 같이 뛰놀던 친구들은 어느덧 한 가정의 어른이 되어있고 이젠 서로 만나는 것도 쉽지 않다. 어른이 되면 모든 게 좋을 것만 같았지만 어른은 어른 나름대로의 고민이 있고 책임감을 짊어지고 살아가는 것이란 걸 깨닫게 된다.

인간에게 시간은 멈추지 않는 기차와 같다. 가끔 간이역에 멈추어서 시골 풍경도 느끼고 사람들의 오르내림도 바라볼 수 있는 그런 기차가 아니라, 절대로 멈추지 않고 계속 달려가는 KTX와 다르지 않다. 종착역에 다다라서야 운행을 멈추는 것이 시간이다.

인간에게 시간은 참으로 공평하게 주어진다. 부자라고 10분을 더 준다거나 가난하다고 해서 10분을 줄여서 주어지진 않는다. 똑같은 시간을 부여받고 그 시간을 어떻게 활용하느냐에 따라서 한 개인의 일생이 좌우되는 것이다. 그래서 사람들은 아등바등 시간을 이용해서 뭔가를 이룩하기 위해 살아간다. 미친 듯 공부하는 사람도 있고 미친 듯 일을 하는 사람도 있으며 미친 듯 여행을 하는 사람도 있다. 하지만 그렇게 뒤돌아볼 새도 없이 시간을 사용하는 사이 인생은 어느 한 방향으로 치우쳐져 흘러갈 수 있음을 알아야 한다.

나이가 들어서 삶을 돌아보며 이렇게 말하는 사람들이 있다.

"왜 내가 젊었을 때 그렇게 앞만 보고 달려왔는지 몰라. 이렇게 인생이 짧은 줄 알았다면 조금 여유롭게 살 걸 그랬어."

은발의 머리칼을 흩날리며 황혼에 다다른 노인이 이런 말을 읊조리는 광경은 마치 영화의 한 장면 같지만 낯설다

거나 어색하지가 않다. 그건 그만큼 그 말에 공감이 간다는 의미일 것이다. 시간에 쫓기듯 사는 삶은 앞에서 말한 바와 같이 인생의 방향이 편향적으로 정해진 채로 살아갈 수밖에 없다. 왜냐하면 자신을 관조할 마음의 여유가 없으므로 한곳만을 향하여 무작정 달려가게 되는 것이다.

한번 옳다고 믿은 것에 자신의 운명을 걸고 살아가는 건 바람직하지 않다. 자주 자신의 삶을 점검하는 시간을 가지면서 옳다고 믿어온 신념이 과연 옳은 것인지에 대해 재평가를 해야 한다. 그건 지혜로운 사람의 일이다. 그리고 시간에 매어진 채 끌려가는 피동적인 삶이 아니라 시간을 이끌고 가는 주체적인 삶을 살아가야 한다. 그렇게 하기 위해서 필요한 것은 무엇일까. 그것은 시간의 흐름을 즐길 줄 아는 여유를 가지는 것이다.

세계적인 바둑 경기가 열렸다. 여기 두 선수가 있다. 한 선수는 시간에 쫓겨 조급한 마음으로 초조하게 바둑알을 잡고 한 선수는 시간의 흐름을 즐기면서 여유롭게 바둑알을 잡는다. 누가 이 경기의 승자가 될 것 같은가. 초조함에 사로잡힌 선수는 불안함에 머릿속이 이성적으로 작동이 되질 않는다. 그래서 좋은 곳에 바둑알을 놓지 못하고 상대방에게 승리의 기회를 안겨주게 된다. 그러나 똑같은 시간을 부여받고 그 자리에 앉은 상대방 선수는 전혀 초조하지 않고 오히려 이 경기를 즐기므로 없던 아이디어까지 떠오르게 된다. 그래서 어렵지 않게 경기에서 이길 수 있게 되는 것이다. 이와 마찬가지로 우리 인생에서도 시간에 쫓기듯 앞뒤 분간하지 않고 뭔가에 지나치게 몰입된 채 살아가게 되면 인생의 패자가 될 확률이 높아진다. 그 사실을 기억하라.

나는 시간의 흐름을 즐기는 존재다. 강물이 흘러가는 것처럼 나는 시간과 함께 잔잔하게 인생의 길을 흘러간다. 강물이 흘러가다 보면 바위도 만나고 깊은 웅덩이도 만나고 사나운 산짐승도 만날 것이다. 하지만 강물이 그런 것들에 연연해서 흐름을 아예 멈추지는 않는다. 강물은 그것들 앞에서 잠시 속력을 줄이며 어떻게 하면 이 어려움을 이겨낼까 생각하고 곧 앞으로 나아간다.

잠시의 멈춤으로 삶의 지혜를 얻는 것, 나도 강물과 같은 삶을 살 것이다. 인생이란 길을 걸어가다 보면 험한 계곡도 건너야 하고 메마른 사막도 지나야 하며 차디찬 얼음 폭포도 만날 것이다. 그런 시련들과 마주하면서 나는 시간의 흐름에 억압받지 않고 오히려 즐기면서 더 나은 길을 모색할 것이다.

미친 듯 시간에 압도당한 삶이 아니라 그대의 앞에 펼쳐지는 갖가지 일들을 즐기는 사람이 되어라. 누군가 그대의 뺨을 때리는 순간이 있다면 그 순간을 즐겨라. 누군가 그대의 돈을 가지고 도망을 갔다면 그 순간조차도 즐길 줄 알아라. 이 또한 삶의 일부분이라는 것을 웃으면서 받아들여라. 달갑지 않더라도 당당히 시련과 마주하고 그것들을 이겨내는 지혜를 얻는 사람이 되어라. 꿈을 버리지 않고 잔잔히 그대 나름대로의 삶의 철학을 지니고 살아갈 때 비로소 운명은 그대의 편이 되어 줄 것이다.

바람보다 더 자유롭게

나는 유난히 가을을 좋아한다. 그리고 그 가을 풍경 속의 갈대와 억새풀을 좋아한다. 이유는 복잡하지 않다. 쓸쓸해 보여서다. 그런데 그것들은 가만히 서 있을 때보다 바람에 나부낄 때 비로소 존재의 의의를 찾는 듯하다. 석양빛에 갈대가 우수수 흔들리는 강가에 앉아서 수평선을 응시하면 삶과 죽음, 고독과 환희, 슬픔과 기쁨, 이별과 만남 등 그 모든 것들이 물결처럼 밀려왔다가 물결처럼 밀려간다.

살랑살랑 바람이 불고 가을 들판에 억새풀이 흰 머리칼을 풀어헤치고 춤을 출 때면 내 마음도 덩실덩실 춤을 추고 하늘 위로 비상한다. 정적인 존재에게 생명을 불어넣는 바람이란 것은 이 세계를 움직이는 하나의 윤활유와 같다. 갈대와 억새풀은 바람이 불어야 아름답다. 생각해 보자. 멍하니 서 있는 갈대와 억새풀은 그 모습은 전혀 갈대와 억새풀이 아닐 것이다. 움직임을 잃은 갈대와 억새풀은 생각만 해도 이상하다. 왜냐하면 갈대와 억새풀은 바람과 만나 마음껏 자신의 몸을 움직여야 본연의 모습을 찾기 때문이다. 갈대와 억새풀의 본연의 모습은 자유롭게 흔들리는 것이라고 할 수 있다.

우리는 어떤 것에 구속되길 싫어한다. 하지만 인간 사회에서 구속을 온전히 거부할 수는 없다. 학생은 학교에 구속되고 부모는 가정에 구속되어 자녀들을 키워야 하고 군인은 군부대에 구속되어서 생활할 수밖에 없다. 만일 어떤 군인이 나는 구속되어 사는 이 군 생활이 너무 싫다면서 부대를 무단으로 이탈한다면 어떻게 되겠는가. 그는 순식간에 탈영범이 되어 지명수배될 것이다. 구속이 싫지만 어쩔 수 없이 그 무리에 구속되어서 살아갈 수밖에 없는 것이 인간의 숙명인지도 모른다. 하지만 우리의 육체는 구속될지언정 우리의 생각과 정신은 온전한 자유를 누릴 수 있는 것이 인생이다.

나는 바람보다 더 자유로운 존재이다. 그대와 나는 그 어떤 바람보다 더 자유롭게 이 세계를 누비고 다닐 자격이 있는 존재다. 그러므로 자기 생각의 방에 갇혀서 고통받지 말라. 우리의 자유 의지는 우리가 겪는 이 세상의 고민과 역

경으로부터 벗어나게 해줄 것이다. 육체는 비록 회사에 출근해야 하고 상사에게 잔소리를 들어야 하고 가족들과 얽혀서 살아야 하고 그 가족들로부터 스트레스를 받는다고 해도 그대의 생각과 정신은 얼마든지 그 구속의 틀에서 벗어나 자유롭게 살아갈 수 있다.

직장에서의 문제, 가족 간의 갈등이나 친구 간의 갈등, 그것들을 대하는 자세를 바꾸면 억압받고 있다 생각했던 것들이 잘못된 생각임을 깨닫게 될 것이다. 우리는 바람처럼 자유롭게 생각해야 한다.

"왜 이렇게 막혀? 어디서 사고라도 난 거 아냐?"

꽉 막힌 도로 가운데 갇힌 채 이런 말을 하면서 답답해본 적이 있는가. 나도 여러 번 그런 경험을 했다. 명절 전후나 주말이면 고속도로가 막혀서 차 안에서 오도 가도 못하고 갇힌 채 한숨만 내쉰 적이 있었다. 수백 대의 자동차 안에서 사람들은 갇힌 채 힘들어했을 것이다. 그것은 마치 뜨거운 한여름 뙤약볕 밑에서 서 있는데 바람 한 점 없는 때와 같다. 얼마나 답답한지 심장이 오그라들 것만 같다.

일상에서 발생하는 인간관계의 갈등도 이처럼 꽉 막힌 도로 가운데 고립된 자동차라고 생각하면 된다. 사방으로 소통이 안 되고 막힌 도로 가운데 갇힌 자동차처럼 바람 한

점 없이 밀폐된 공간에서 있는 기분이 인간관계의 갈등에서 오는 감정이다. 그것들을 해소하는 것은 역시 내 안에 있는 바람이다. 나는 바람이고 바람보다 더 자유로운 존재라는 사실을 확인하는 시간을 가져라.

그대는 바람이고 바람보다 더 자유로운 존재다. 그러니까 어떤 답답한 상황에서도 당황하지 말고 여유를 가져라. 우리는 바람이므로 생각만으로도 순식간에 화성에도 다녀올 수 있고 지구를 몇 바퀴 돌 수도 있다. 우리는 바람이므로 설악산에 가서 단풍잎을 만지고 올 수도 있고 파란 하늘 하얀 뭉게구름 위에도 살며시 누워 쉬었다가 올 수도 있다. 우리는 바람이니까 누구도 우리를 고통의 상자에 가둘 수 없다. 그러니 자신이 지금 어떤 힘든 상황에 있다면 전혀 괴로워할 필요가 없는 것이다. 내가 바람처럼 자유로운 존재인데 누가 나를 붙잡아서 괴롭게 할 수 있겠는가. 아무도 그럴 사람은 없다.

싱그럽게 불어오는 가을바람처럼 그대는 싱그러운 생각의 바람으로 자신을 힘들게 하는 인간관계의 갈등을 풀 수 있다. 고립된 생각은 썩는다. 고립된 물이 썩어가듯이. 그러므로 우리는 내가 하는 생각이 한곳에 머물지 않도록 늘 생각에 바람을 불어넣어야 한다.

생각의 집착을 버려라. 미워하지 말고 원망하지도 말고 서운해하지도 말고 슬퍼하지도 마라. 생각이 부정적인 집착에 갇히면 그 생각은 부패한다. 부패한 음식에서 독소가 발생해 식중독을 일으키듯이 부정적인 집착의 생각은 한 인간의 일생을 망치게 될 것이다. 바람보다 더 자유로운 존재가 되는 길은 내 생각이 부정적인 생각에 사로잡히지 않고 긍정적인 생각으로 이동할 수 있도록 생각의 바람을 매일 불어넣는 일이다.

2장

주위를 둘러보다, 문득

북극곰으로부터   …

2008년 5월 미국 멸종위기종 보호법에 의해 멸종위기종으로 분류된 동물이 있다. 바로 북극곰이다. 그 이유는 빠르게 진행되는 지구 온난화 때문이다. 기후 문제로 북극의 빙하가 녹아 북극곰은 살아남기 위해 원래보다 4배 정도 더 많이 몸을 움직여야 한다. 그러나 끝내 먹이를 구하지 못하고 굶어 죽는 북극곰도 늘어나고 있다. 북극의 빙하 감소는 해양 포유류의 생존에 치명적인 역할을 하고 있다. 지금도 빙하는 녹고 있고 지구 온난화는 진행 중이며 북극곰은 삶과 죽음의 경계에서 힘들어하고 있다. 이것은 지구 온난화 현상이 불러온 단면이다.

이런 하나의 현상으로부터 우리는 어떤 진리를 깨달을 수 있다. 간단히 말하면 지구 온난화는 지구 생명체에 돌이킬 수 없는 부정적인 결과를 초래한다는 사실을 알게 된 점이다. 하지만 그것만이 다는 아니다. 좀 더 구체적이고 실질적인 진리는 따로 있다.

표면적으로 본다면 지구 온난화는 생태계의 혼란과 파괴를 불러오고 있다. 북극의 빙하가 녹아 해수면이 높아지고 북극곰과 같은 동물들은 점점 개체 수가 줄어들고 있으며 남극은 유빙이 녹아서 여름철 기온이 10도 이상이나 오르고 있다. 그로 인한 생태계의 피해는 심각하다. 아프리카에서는 기온 상승으로 말미암아 사막화가 더욱 진행되어서 더 이상의 농사나 가축 사육이 힘들어지고 있는 상태다.

태평양의 섬나라 투발루는 해수면의 상승으로 인해 나라가 물에 잠겨서 사람이 살 수 없는 지경에 이르렀다. 이렇게 많은 피해를 입히고 있는 것이 지구 온난화이고 지구 온난화의 주범은 누가 뭐래도 인간인 것이다.

그렇다. 좀 더 구체적이고 실질적인 진리는 바로 이 온난화의 주원인을 제공한 인간에 대한 것이다. 사람들은 조금 더 잘살고 잘 먹기 위해 지구 온난화쯤은 무시하고서 공장을 짓고 독한 화학 물질을 만들어 냈다. 그 결과 수백 년 전과 비교할 수 없을 만큼의 편리함과 화려한 일상을 누리고 살고 있다. 하지만 신은 우리에게 그만큼의 대가를 지불하라고 하시는 듯하다. 바로 환경을 파괴한 죄의 대가이다.

아마존 밀림의 수많은 나무들을 베어 없애고 차마 냄새

맡기도 힘든 더러운 폐수를 몰래 바다로 흘러보낸 죄. 그런 죄로 인해 지구는 점점 뜨거워지고 이 상태로 간다면 언젠가는 지구 전체가 태평양의 조그만 섬나라 투발루처럼 사람이 살 수 없는 황무지 별이 되고 말 것이다.

　나는 하나의 현상으로부터 진리를 깨닫기 위해 존재하는 중이다. 이러한 목적의식은 나의 삶을 가치 있게 만든다. 만약 내가 진리에 대한 목마름이 없다면 난 글을 쓸 자격이 없다. 무릇 글을 쓰는 작가라면 진리에 대한 추구는 기본적인 가치다. 그렇게 해야만 자신만의 고유한 지혜를 책에 담아낼 수 있기 때문이다. 이건 작가에게만 국한되는 것이 아니다. 중화요리를 만드는 중식 요리사든 반도체를 만드는 전자 회사의 직원이든 누구나에게 해당되는 사항이다. 어떤 현상이 그대 앞에 벌어지거든 그것으로부터 진리를 깨달을 수 있도록 생각하라. 그것은 가장 기본적으로 해야 하는 생각의 기초다.

　그렇다면 위에서 말한 지구 온난화로부터 얻는 진리는 무엇일까. 말했듯이 그건 인간에 관한 것이다. 인간이 지닌 사악한 욕심에 대한 자연의 경고, 그리고 모두가 행복하고 평화롭게 살기 위해서는 타인을 배려하는 마음이 반드시 필요하다는 진리다. 아마존의 울창한 숲을 무자비하게 베어내면서 그들은 생각했을 것이다.

"이 나무들을 팔면 난 돈을 많이 벌고 잘살게 될 거야."

하지만 그는 잘못된 판단을 한 것이다. 그는 일단 나무를 팔아서 돈을 벌기는 벌 것이다. 그런데 수십 년이 지나고 그는 지구 온난화의 피해자가 되어서 병원에 입원할 수도 있다. 그건 자신이 벌인 잘못된 일에 대한 대가다. 모두의 평화로움과 행복을 위해 살 수 없다면 자신의 평화로움과 행복을 위해서라도 자연을 심각하게 훼손하는 일은 하지 말아야 하는 것이다. 화학 공장을 운영하면서 폐수를 버리는 데 들어가는 경비를 아끼려고 몰래 폐수를 바다에 갖다 버리는 화학 공장 사장은 이렇게 말했다.

"폐수 처리 비용을 아끼면 큰돈이 될 테니까, 그 돈으로 우리 가족이랑 행복하게 살아야겠어."

그런데 몇 년 후 자신이 버린 폐수로 오염된 물고기가 그의 집 식탁에 올라 그걸 먹은 가족이 암에 걸렸다. 그렇다면 그는 자신의 행복과 평화로움도 지키지 못한 사람이 되고 더 나아가 세계인들의 건강을 위협하는 사람이 되고 만 것이다.

타인을 배려하는 마음이 있는 사람이라면 개인의 사사

로운 이익만을 위해 공공의 재산이라고 할 수 있는 환경을 오염시키지 않고 훼손시키지 않는다. 우주의 진리는 인간에게 수많은 것들을 가르쳐주고 있다. 그것은 어떤 엄청난 사건에 의해서도 나타나지만 실생활에서 벌어지는 소소한 현상에서도 나타난다. 그것을 섬세하게 읽어내는 지혜를 가져라. 작은 일들이라고 그냥 지나치지 말고 어떤 일이 그대 앞에 펼쳐지거든 그 안에 어떤 진리가 보석처럼 숨겨져 있는지 찾아보길 바란다.

지구 반대편의 밸런타인데이

···

초콜릿은 언제나 달콤하다. 밸런타인데이에는 초콜릿 과자가 불타나게 팔린다. 초콜릿은 사랑처럼 달콤하기 때문일 것이다. 그 달콤함으로 인해서 초콜릿은 연인들의 사랑을 고백하는 선물로 많이 애용된다. 하지만 그러한 초콜릿이 서아프리카의 어린이들이 학교도 못 가고 노동력을 착취당해서 만들어진 것이라는 사실을 신경 쓰는 사람은 많지 않다.

가나와 코트디부아르의 카카오 농장에는 220만 명의 어린이들이 일을 하고 있다. 가난한 농장주는 일꾼을 고용한 형편이 안 되어서 어린이들을 강제 노동에 동원하고 있는 것이다. 카카오 열매로 초콜릿을 만드는 건 거의 모든 게 수작업으로 이루어져야 한다. 그래서 손이 많이 가고 위험한 칼과 도구를 이용해야 하는데 이 일을 16세 이하의 아동들이 하고 있는 것이다. 강제 노동에 시달리는 어린이들은 먹을 것도 제대로 먹지 못하고 새벽부터 밤늦게까지 일을 한다. 심지어 임금도 제대로 받지 못한 채 말이다.

지구 반대편 어느 나라에서는 먹을 것이 넘쳐서 음식물 쓰레기 때문에 골치를 앓고 있고 또 다른 곳에서는 아이들이 강제 노동에 시달리고 있는 아이러니한 현실이 지금의 지구다. 우리는 이러한 불공정한 것 같은 지구촌의 현실을 외면하고 있지는 않았는가. 알면서도 모른 척하고 내 가족, 내 나라 사람들만 잘살면 그만이지, 라는 생각을 하고 살아온 건 아닌지 생각해볼 시점이다.

다른 존재들이 어떻게 살고 있는지 관심을 기울이는 것은 사랑의 시작이다. 우리는 서로 기대어 살아가야 한다. 나 혼자 잘났다고 아무리 소리쳐봤자 결국 입는 것부터 먹는 것, 그리고 누리는 모든 문화, 사회적 혜택이 모두 다른 존재들의 노력과 헌신에 의한 것임을 알 수 있다.

서아프리카에 살고 있는 아동들이 노동력을 강제로 착취당하고 고통 속에서 살아가는 현실을 외면하지 말고 공정한 무역 거래가 활성화될 수 있는 세상이 되도록 노력하는 것이 중요하다. 공정 무역이 이루어지면 농장주가 경제적인 이유로 일꾼을 구하지 못하는 일이 점점 줄어들고 아이들을 불법적으로 고용하는 일도 없어질 것이기 때문이다.

우리가 비록 직접 서아프리카에 비행기를 타고 가서 그들을 도와줄 수는 없지만 그들의 어려움에 공감하고 심적으로나마 응원하는 마음을 지니면 어떤 형식으로든 아이들에게 힘이 되어줄 수 있는 것이다. 그런 삶의 자세가 바로 다른 존재를 사랑하는 자세가 아니겠는가.

나는 다른 존재를 사랑하기 위해 존재한다. 이 커다란 깨달음은 인생이 우리에게 주는 소중한 지혜다. 물론 우리는 우리 자신을 가장 먼저 사랑해야 한다. 그런데 거기서 멈추면 곤란하다. 자기 자신만 주야장천 사랑하다 죽는다면? 연못에 비친 자신의 아름다운 모습에 반해 결국 물에 빠져 죽은 나르시스가 될 것인가. 이기적인 그의 묘비에는 이런 말이 적힐 것이다.

'평생을 탐욕스럽게 자기만 알던 이기적인 사람 여기에 잠들다.'

이런 묘비명의 주인공이 되지는 말자. 자신만 아끼다 보면 타인에 대한 공감 능력이 떨어지게 된다. 오직 나만 생각하는 사람은 향기가 없고 악취가 난다.

평소에도 자기 자신만 끔찍이 아끼는 어떤 사람이 있다. 그는 식당에 가면 좋은 자리, 즉 기댈 수 있고 편안하고 텔레비전이 잘 보이는 자리는 무조건 자기가 먼저 차지했다. 단 한 번도 양보라는 것을 하는 걸 본 적이 없다. 그는 건장하고 젊은 나이의 듬직한 체형을 가진 남자였는데 자기보다 연약하고 나이가 많은 노인과 함께 식당에 가도 항상 좋은 자리는 자기가 먼저 선점했다. 그 모습을 본 사람들은 그가 매우 이기적이고 다른 사람을 사랑하는 마음이 전혀 없는 사람이란 걸 눈치챘다. 한 가지 면만 봐도 사람은 그의 특성이 잘 드러나게 된다. 그래서 본성은 숨길 수 없는 것이다. 타인에 대한 배려와 사랑이 결여된 사람은 아무리 거짓으로 그걸 숨기려고 해도 그의 지독한 이기심이 드러나게 되는 것이다.

다른 존재에 대한 사랑은 결국은 나를 지키고 보살펴 주는 사랑으로 부메랑이 되어 돌아온다. 부부 중 한 명이 큰병에 걸렸을 때 외면하지 않고 지극히 병간호를 한 부부가 나중에 상대방이 그 반대의 입장이 되었을 때 은혜를 갚듯이 극진히 간호하고 돌봐주는 모습을 볼 수가 있다. 그 모습을 보고 사람들은 큰 감명을 받는다.

그런데 만약에 부부 중 한 명이 위중한 병에 걸렸는데 내가 왜 병 걸린 사람을 돌보냐면서 외면하고 버렸다면 어떻게 되었을까. 베푼 사랑이 없으니 자신이 그런 중병에 걸

려도 누군가로부터 따뜻한 보살핌을 받기는 어려울 것이다. 이렇듯 내가 비록 지금은 손해 보는 것 같지만 사랑을 베풀면 그 몇 배로 보답받게 되는 것이 우주의 법칙이다. 만일 그러한 보답이 없더라도 다른 존재를 사랑하는 건 자신의 정신과 영혼을 풍요롭게 하고 안정되게 하는 마법의 약이다.

사랑한다는 건 스스로 자신을 가치 있게 만드는 일이다. 그러므로 우리는 모든 존재를 사랑하는 마음을 가지고 살아야 한다. 누군가 조금 서운하게 하더라도 그것에 연연하지 말라. 누군가 그대를 열 받게 하더라도 분노의 도화선에 불을 붙이지 말라. 잔잔한 물결처럼 모든 일들을 초연하게 바라보는 마음을 지녀라. 사랑하는 마음으로 다른 존재들의 모자람과 부족한 면을 이해한다면 삶이 보다 더 유연해질 것이다.

가나와 코트디부아르의 카카오 농장에서 힘들게 일하는 220만 어린이들을 잊지 말고 기억하자. 그들의 고통과 외로움에 공감하는 마음은 지금 그대 곁에서 그대를 힘들게 하는 누군가를 불쌍히 여길 너그러움을 선물할 것이다. 그것은 결국 누구나 사랑받아야 할 가여운 존재라는 깨달음에서 출발한다. 지구촌 누구라도 기꺼이 사랑하겠다는 작은 다짐이 필요한 시절이다.

행복에 가까워지기 위해

•••

오랜만에 외출을 했다. 언제 겨울이었냐는 듯 봄기운이 완연했다. 가로수에 연초록 새순이 조금씩 나오고 있었다. 곧 예쁜 꽃이 되어 세상에 나갈 거야, 라고 벚나무의 순이 그렇게 말하는 것 같았다. 나는 그동안 지내던 조그만 시골 마을을 떠나 어느 도시에 잠시 머무르고 있다. 시골의 풍경과 도시의 풍경은 다른 것 같다. 그러나 같은 점이 있다면 모두들 행복해지기 위해 오늘도 열심히 살아가고 있다는 점일 것이다. 그렇다면 행복이란 무엇일까, 라는 생각을 해 본다.

지금 하고 있는 일이 마음에 들지 않는다면서도 억지로 회사에 출근하는 사람들이 있다. 그러면서도 자신은 행복해지고 싶다고 말한다. 뭔가 모순적이라고 느껴지지 않은가. 뭔가가 정말 싫은데 그걸 억지로 가까이하거나 그런 일을 하면서 행복해지고 싶다는 것은 물을 끼얹으면서 불씨가 살아날 거라고 믿는 사람과 같다. 불씨 위에 물을 뿌리는데 어떻게 불이 살아나겠는가. 행복이 불이라고 하면 자신이 원하는 일과 무관한 일을 하는 것, 자신에게 해를 끼치는 사람과 가까이 지내는 것은 물이다.

어떤 사람이 고민 프로그램에 나왔다. 남편이 신용불량자이고 돈은 못 벌지만 가끔 집에 들어오면 돈을 가져가면서 친절하게 대해 준다고 한다. 그러면서 남편은 돈을 받고 집을 나가서 몇 달이고 돌아오지 않고 이제는 이혼을 요구한다는 것이다. 마지막으로 사연자는 그런 남편이라도 좋으니 서류상으로라도 아내로 남고 싶다고 말한다. 이 사연자는 어둡고 슬픈 표정이었다. 결코 행복한 얼굴이 아닌데 왜 서류상으로라도 부부로 남고 싶어 하는 것일까. 지금의 현실이 행복과는 동떨어진 것이란 걸 알지만 의지할 곳이 없는 마음이 그렇게 만든 것이다.

사람이든 동물이든 모든 존재는 행복해지기 위해 살아간다. 몇 년 전 가을 산에 간 적이 있었다. 해발 700미터 정도의 높은 산이었는데 귀여운 다람쥐 한 마리가 산비탈을 지나갔다. 다람쥐는 밤을 주워가는 중이었다. 맛있는 밤을 본 다람쥐는 행복한 표정으로 그것을 꼭 품고 어딘가로 달려갔다. 다람쥐 한 마리도 행복한 일을 하고 행복하게 살고 있는데 만물의 영장인 사람이 불행한 일에 매달리고 불행한 삶을 산다는 건 서글픈 현실이다.

어쩔 수 없어서라는 말은 변명에 불과하다. 지금 하고 있는 일이 마음에 들지 않는다면 가능한 빠른 시일 내에 그 일을 그만두길 바란다. 그 일을 안 하면 밥을 굶지는 않을까 걱정하지 말고 속히 그 일을 그만두고 자신이 하면 즐거운 일을 하기를 바란다. 그것이 행복해지는 삶으로 가는 첫 발걸음이다. 공부를 하기 싫은 학생이라면 공부를 하지 말아야 한다. 억지로 공부를 붙들고 있는 건 자기기만이다. 그런 학생이 자신의 가족이라면 공부를 못한다고 구박할 게 아니라 공부 아닌 다른 것을 잘하고 좋아하는지 지켜보고 그걸 할 수 있도록 적극 후원해 주어야 한다.

요즘 시청률도 높고 잘나가는 드라마에 출연하는 한 배우는 자신이 배우가 되기 전에 적성에 맞지 않는 유명 대기업에 다니다가 어느 날 용기를 내어 사표를 냈다고 한다. 그는 늘 배우가 되고픈 마음을 가졌지만 회사에 사표를 낸 후 친구들과 얼떨결에 기자가 되었다. 그러나 그 길도 결국 자신과 맞지 않는다는 걸 깨닫고 다시금 사표를 낸 후 배우가 되어 지금은 많은 사랑을 받고 있다. 그는 말한다.

"이 일이 조금 불안정하고 다른 사람들로부터 상처를 받을 수도 있지만 전 즐거워요."

즐겁다는 말, 이것은 행복하단 말이다. 그는 배우가 되기 전에 회사 다닐 때는 아침에 이불 속에서 일어나는 게 정말 싫었다고 한다. 하지만 지금은 누가 깨우지 않아도 눈이 번쩍 떠진다고 한다.

나는 행복에 가까워지기 위해 존재한다. 불행을 그대 삶에 승인하지 말라. 그대 인생에 불행은 이제 그만 만들어야 한다. 불행한 삶을 일부러 살 필요는 없다. 하기 싫은 일을 억지로 하지 말고 그대의 마음이 가는 일을 하고 살아라.

살다 보면 불행한 일이라고 생각되는 일들이 생길 것이다. 가족과의 안타까운 이별, 자신에게 찾아온 질병이나 사고, 다른 사람과의 불화, 하지만 그걸 불행이라고 받아들이지 않는 한 불행한 삶은 그대에게 찾아오지 않는다. 불행한 일이 생겨도 그것을 행복한 일로 바꿀 수 있는 것이 인간의 위대한 힘이다. 그 힘의 근원은 긍정적인 생각이다. 불행하다고 느껴지는 일이 생긴다면 이 일이 결국은 날 행복하게 만드는 일이 될 것이라고 생각하는 것이 긍정의 태도다.

한겨울의 버스 정류장

영하 25도의 극심한 한파가 몰아친 지난해 겨울, 마침내 차가 고장이 나고 말았다. 강추위 탓에 기름이 얼었기 때문이다. 경유차인 우리 차는 아무리 부탁해도 시동이 걸리지 않는 대답 없는 녀석이 되고 말았다. 덕분에 며칠 동안 대중교통을 이용하게 되었다. 따뜻한 남쪽 지방 출신인 내가 영하 25도의 추위를 감당하기는 쉽지 않았다.

3일 후, 차가 다 고쳐져서 읍내로 나가 가져와야 했다. 택시비를 아끼기 위해 버스를 타려고 터미널까지 십여 분간 걸어가게 되었다.

그런데 얼마나 추운지 온몸이 꽁꽁 얼어붙는 느낌이 들었다. 살을 면도칼로 도려내는 것 같은 통증이 느껴졌다. 걷다가 뛰다가 나는 헛웃음을 웃었다.

"정말 너무 춥다! 얼어 죽을 것 같아."

다행히도 버스 승강장은 칸막이가 설치되어서 그나마

찬 바람을 막아주었다. 벌벌 떨면서 의자에 겨우 앉아 있는데 옆에 있던 아저씨가 말을 걸었다.

"만 원짜리 다섯 장 있어요?"

난 뜻밖의 질문에 잠시 머뭇거리다가 얼른 대답했다.

"네. 있습니다."

다행히도 내 가방에는 만 원짜리 지폐가 있었다. 아저씨가 내민 오만 원을 만 원짜리 다섯 장으로 바꾸어 주었다. 아저씨는 여든 정도 되어 보였고 손마디가 많이 굵어져 있었다. 그분은 농사꾼 같았다. 손에 든 검정 비닐봉지에는 씨앗들이 담겨져 있었다. 자세히 볼 수는 없었지만 배추와 무 씨앗이 있는 것 같았다. 이 한겨울에 벌써 봄을 준비하는 걸까. 농부의 마음은 벌써 봄을 맞이하고 있었다. 나는 잠시 내 자신을 돌아보게 되었다. 추위에 벌벌 떨며 걸어오면서, 아니 뛰어오다시피 하면서 십여 분 동안 날씨를 원망하던 내가 부끄러워졌다.

겨울의 매서운 추위가 있어야 다음 해 농사가 풍년이 된다는 어른들 말씀이 있다. 그러므로 영하 25도의 강추위를 원망하는 것은 지극히 이기적인 생각이었다. 나에게는 재앙이 되는 일이 다른 이에게는 축복이 될 수도 있음을 나는 사색함으로써 깨닫게 되었다. 이런 생각의 전환은 사색으로 가능한 일이다. 사색하지 않으면 나는 나라는 편협한 세계에 갇힌 채 우물 안 개구리 신세로 살아갈 것이다. 사색함으로써 인간은 생각의 지평을 넓힐 수 있다.

나는 끊임없이 사색하기 위해 존재한다. 사색은 내 인생이 험한 비탈길에 다다랐을 때 안전한 지대로 이동할 수 있는 지혜를 주었다. 생각의 위대한 힘은 사색이라는 완결 편에서 빛을 발휘하게 된다. 사색이란 생각의 집중이다. 그냥 생각한다는 것과 사색한다는 것을 동일시 여겨선 곤란하다. 생각과 사색은 다르다. 생각이 세상의 잡다한 것들을 모두 섭렵하는 것이라면 사색이란 내가 하나의 생각을 집중적으로 하는 것이다. 사색은 좀 더 고도화된 생각이라고 할 수 있다.

몇 년 전 어느 날, 교외로 차를 타고 가고 있었는데 다리 위에 파란 트럭 한 대가 세워져 있고 한 남자가 트럭 주변에서 매우 당황한 표정으로 서 있었다. 그는 분명히 뭔가 큰일이 일어났음을 표정으로 말하고 있었다. 심장이 두근거렸다. 뭔가 비극의 기운이 느껴졌다. 아니나 다를까 그의 바로 위쪽에 한 사람이 쓰러져 있었고 개 한 마리가 매우 슬픈 표정으로 앉아있었다. 개 주인으로 보이는 사람은 전혀 움직임 없이 쓰러져 있었다. 그 장면은 매우 충격적인 장면이었다. 나는 그 개 주인이 제발 무사하기를 바랐다. 그가 병원으로 옮겨져서 잘 치료받고 건강을 되찾아 사랑하는 개와 다시 산책하기를 기도했다.

한 사람의 인생이 이렇게 허무하게 끝날 수도 있다는 걸 그 현장은 내게 가르쳐주었다. 방금 전까지도 개와 다정히 산책을 하던 이가 트럭에 치여 갑자기 인생의 마침표를 찍을 수도 있다는 걸 생생하게 깨닫게 되었다.

나는 사색한다. 삶이란 언제 어디서 막을 내릴지 모르는 한 편의 위험한 드라마 같다는 걸. 그런 삶의 비연속성과 불완전성 속에서 우리는 어떻게 살아가야 하는가. 사색은 깊어진다. 그럼에도 불구하고 인간은 자신의 불안정한 삶을 사랑하면서 살아가야 한다. 애완견과 산책하다 죽음을 맞이할 수도 있는 것이 인생이지만 내게 주어진 순간을 최선을 다해 향기롭게 꾸며가야 한다. 그렇지 않다면 우리의 모든 시간들이 무슨 의미가 있겠는가.

나는 끊임없이 사색하기 위해 존재한다. 그대에게도 사색은 중요한 하루의 일과가 되길 바란다. 하루에 한 번이라도 사색하는 사람은 삶을 감사히 여기게 될 것이다. 자신에게 주어진 것들을 원망하지 않고 감사히 여기면서 고난을 헤쳐나갈 지혜를 얻을 수 있을 것이다.

자신의 인생이 벽에 다다른 것 같다고 느껴진다면 그건 사색이 부족한 탓이다. 사색의 필요성을 아는 사람과 모르는 사람의 삶의 질은 극과 극이다. 사색은 반드시 필요하며 우리의 생명의 에너지를 충전시키는 힘이다. 깊이 더 깊이 생각해 보라. 사색의 위대한 힘이 사소한 고민에서 엄청난 고뇌에 이르기까지 전부 이겨내게 해줄 것이다.

가치 있게 산다는 건

우리 마을에 사시는 할아버지의 이야기다. 할아버지는 혼자서 300평 정도의 밭을 농사지으신다. 키가 크시고 인상이 좋으신 할아버지는 늘 나를 보면 활짝 웃으시면서 인사를 받아주셨다. 주름진 환한 얼굴이 어쩌면 그렇게 해맑을 수 있는지. 그런 할아버지의 주 생활 무대는 밭이다. 혼자서 농사지으시는 밭, 그 밭은 우리 집 정면으로 보이는 곳이라 할아버지가 날마다 나와서 일을 하고 계시는 걸 자연스럽게 보게 되었다. 거의 하루도 빠짐없이 밭에 난 풀을 뽑으시고 고추랑 마늘 등 여러 농작물을 돌보는 성실한 모습에 절로 감탄이 나왔다.

"대단하시다. 저 연세에, 저렇게 부지런하시고 열심히 사시다니!"

그뿐만이 아니었다. 할아버지는 잡초가 무성한 마을 길을 직접 예초기를 등에 지고 다니시면서 풀을 제거하시기도 했다. 그건 누가 시킨 것도 아니고 스스로 하는 일이었다. 아무런 보상도 없는데 그런 힘든 일을 기쁜 마음으로 하시는 모습을 보고 나는 할아버지가 참 가치 있게 살고 계신다고 느꼈다. 할아버지는 틈틈이 봉지를 들고 다니면서 길가의 쓰레기도 치우셨으며 밭에서 키운 호박이며 옥수수 등을 우리 집에 가져다주시기도 했다.

사다리차 의인의 이야기 또한 우리의 심금을 울린다. 아파트에서 인테리어 공사를 하던 중 폭발 사고가 났다. 그 사고로 4명이 숨지고 7명이 부상을 입었다. 그런데 그런 급박하고 위험한 순간 자신이 가지고 있던 사다리차로 3명의 소중한 목숨을 살린 의인이 있었다. 그는 목숨의 위협을 무릅쓰고 사다리차를 사고 현장에 올려서 위험에 처한 사람들을 구해냈다. 손등에 상처를 입었지만 그런 자신의 부상은 전혀 개의치 않았다.

"창밖으로 손짓만 하셨으면 제가 충분히 구할 수 있었던 거였는데 못 구해 드려서 너무 죄송하더라고요."

이 말을 하면서 울먹이던 청년의 모습이 아직도 가슴에 남는다. 그 모습을 보면서 난 눈물이 고였다. 최선을 다해 다른 생명을 구하고서도 더 많이 구하지 못해서 가슴 아파하는 이런 사람이야말로 이 시대의 의인 중 의인일 것이다. 그리고 참으로 가치 있는 삶을 살고 있는 사람이 아니겠는 가. 어린 청년의 삶의 태도에 많은 사람들이 감명을 받았다.

나는 가치 있게 산다는 것을 증명하기 위해 존재한다. 가치 있는 삶이란 무엇인가를 먼저 알아야 그런 삶을 사는 것이 가능할 것이다. 가치 있다는 건 가치 없다, 의 반대 개념이므로 가치 없게 사는 사람을 생각해 보면 그 반대로 살아가야 한다는 걸 알 수 있다.

주변에 돌아보면 저 사람은 왜 저렇게 살아갈까. 참 가치 없는 삶을 살고 있다, 란 느낌을 주는 사람이 있을 것이다. 예를 들어서 나이가 마흔 살이 다 되었는데 취직을 할 생각은 안 하고 늙은 부모님이 벌어오는 돈으로 집에서 빈둥거리면서 술이나 먹는 사람, 틈만 나면 다른 사람과 다투고 폭력을 행사해서 교도소를 안방처럼 들락거리는 사람, 항상 뭐가 그렇게 불만이 많은지 뚱한 표정을 짓고 다른 사람에게 불친절하게 대하는 사람. 이런 사람을 보면 가치 없는 삶을 산다는 생각이 들 수밖에 없다.

그렇다면 가치 있게 산다는 건 그들과 반대로 사는 것이 가치 있는 삶이 될 것이다. 부지런하게 자신의 재능을 펼치면서 타인에게 친절하게 대하고 항상 매사에 감사하는 삶이 바로 가치 있는 사람의 태도다. 그리고 가치 있게 산다는 건 내가 나 자신의 삶을 가치 있게 만들겠다는 의도적인 노력이 필요하다. 그냥 막연히 가치 있게 살아야겠다는 소망은 자칫 무의미한 일생을 살게 만들 수도 있다. 자신의 의지로 가치 있는 인생을 살겠노라고 다짐하는 것이 그래서 필요하다.

가치 있게 살고 싶다면 내가 나 자신으로 인해 행복해지고 나를 바라보는 상대방이 미소 지을 수 있게 하는 삶을 살면 된다. 상대방이 나로 인해서 힘들어 하고 고통스러워하는 삶은 가치 없는 삶이다. 자신에게도 마찬가지다. 내가 나로 인해 힘들고 고통스럽다면 그것 또한 가치 없는 삶이다. 만약 자신이 지금 힘들고 괴롭다면 그것들을 먼저 해결하라. 그렇게 해야 타인에게 건넬 밝은 에너지가 생길 것이기 때문이다. 자신과 상대방 모두를 행복하게 만들 수 있는 아름답고 향기로운 인생을 살아간다면 그대는 가치 있는 일생의 주인공이 될 것임을 약속한다.

건어물 가게의 치명적 매력　　　　···

어느 도시의 시장에서 가장 인기 있는 점포가 있다. 그 점
포는 각종 건어물을 파는 가게인데 유난히 손님이 많다. 그
가게 사장은 60대 후반의 작고 뚱뚱한 아주머니였는데 약
간 말을 더듬었다. 그런데 어떻게 손님들은 말도 잘 못하고
외모도 그다지 빼어나지 않은 그녀에게 반하게 된 걸까.

　그녀는 자신을 손님들과 동일시하는 것 같았다. 아니 자
신보다 손님을 더 소중히 여기는 사람 같았다. 손님이 가게
에 들어서면 얼마나 반가워하는지 마치 친정 엄마가 딸을
맞이하는 것과 흡사했다. 손님이 자기 자신의 분신인 것처
럼 너무나 아끼고 다정하게 대해 한 번만이라도 그녀의 가
게에 들르게 되면 그걸 알 수 있었다.

　"이, 멸, 멸치가 서해안에서 잡아서 아, 아주 싱싱합니다.
우리 손님이 드시면 건강에 아, 아주 도, 도움이 될 것이라
고 생각해요."

어눌한 말투로 그녀가 이렇게 말할 때 사람들은 자신도 모르게 그녀의 치명적인 매력에 빠져서 물건을 사게 된다. 그것으로 끝나는 게 아니고 이상하게 그 가게를 또 찾게 되는 것이었다. 그녀가 많은 손님들을 끌어모으는 이유는 무엇일까. 우리는 여기서 이점을 가만히 생각해 봐야 할 것이다. 그녀의 거부할 수 없는 매력의 원천은 인간에 대한 진실한 애정이라고 할 수 있지 않을까 싶다.

나는 치명적인 매력을 발산하기 위해 이 땅 위에 존재한다. 그것은 우리가 받은 삶의 과제이다. 초등학교 시절 숙제를 하지 않고 등교하면 선생님께서 혼을 내셨던 기억이 있을 것이다. 우리의 인생에도 숙제가 있다는 걸 아는가. 그건 자신의 매력을 발산하는 것이다. 나의 매력을 어필하는 것은 인간으로서 당연한 임무이다.

신의 창조의 뜻을 헤아리자. 무의 공간에서 생명을 창조하신 신의 의지는 매우 명확하다. 그건 피조물인 인간이 자신이 가진 재능을 마음껏 펼치고 진실한 애정으로 서로를 대하면서 매력적인 존재가 되는 것이다. 이 점을 기억한다면 우리의 삶은 단 한 순간도 허투루 보낼 수 없는 소중한 시간이 된다.

초등학교 때는 숙제를 하지 않고 빈둥거리면 혼을 내주는 선생님이 계셨다. 그런데 우리 인생의 숙제를 하지 않고 빈둥거리고 삶을 허비한다면 선생님처럼 혼을 내주는 사람은 없다. 하지만 특정한 한 인간이 빈둥거리는 삶을 사는 사람을 질책하는 것이 아니라 이 우주의 모든 것들이 자신의 치명적인 매력을 발산하지 않는 이를 단죄한다는 사실을 깨닫게 된다. 이건 우주의 심오한 진리가 아닐 수 없다.

누구에게나 자신만의 치명적인 매력이 있다. 그건 자신이 가장 잘 아는 사실이다. 그러한 자신의 매력을 발견하고 삶을 살아가는 사람에게 인생은 선물을 줄 것이다. 성공과 행복 그리고 자기 자신에 대한 만족이다. 하지만 그 반대로 자신의 치명적인 매력을 발산할 기회를 주었음에도 그걸 도외시하고 삶을 살아가는 사람에게는 인생은 패배와 절망, 그리고 자기 자신에 대한 불만족을 준다. 어떤 삶을 살고 싶은가.

버스나 지하철을 타면 거의 모든 사람들이 휴대폰을 들여다보고 있다. 대형 포털 사이트에는 그런 사람들을 자신의 고객으로 만들기 위해 수많은 광고들이 등장한다. 자기 회사의 가전제품을 홍보하는 사람도 있고 예쁜 옷을 광고

하는 사람도 있고 보험을 홍보하는 사람도 있다. 그런 이들은 모두 자신만의 매력을 어필하는 중이다. 하지만 모두가 사람들로부터 호감을 얻는 건 아니다. 치명적인 매력이 없는 광고는 외면 받고 괜히 비싼 광고비만 날리고 만다.

치명적인 매력이란 위에서 말했듯이 인간에 대한 진실한 애정이 밑바탕에 깔려 있어야 한다. 이 점을 뇌리에 각인시켜라. 자신만의 고유성을 가지고 인간에 대한 진실한 애정을 베이스로 깔고서 다른 사람들을 대한다면 그의 사업은 성공할 것이며 그의 인생은 위대한 한 편의 역사를 쓰게 될 것이다. 나는 이 사실을 분명하게 인식한다.

나의 삶이 헛되지 않으려면 나는 반드시 치명적인 매력을 발산해야 할 것이다. 나의 인생의 보람은 반드시 치명적인 매력을 발산할 때 느낄 수 있을 것임을 인정한다.

"어, 어머니. 이, 기, 김은 제가 직접 바, 바닷가에 가서 어민과 계약하, 하고 가져온 기, 김입니다. 맛있게 드시고 어, 어머니께서 건, 건강하시면 좋겠습니다."

이렇게 오늘도 건어물 가게 아주머니는 약간 더듬지만 진실로 손님을 사랑하는 마음으로 장사를 한다. 그런 그녀에게 어떤 사람이 호감을 느끼지 않겠는가.

그대는 오늘 말을 조금 더듬어도 그것에 연연하지 않고

다른 사람들에게 거짓 없고 진실한 애정으로 대하는 건어물 가게의 그녀처럼 그대의 가장 값진 재능을 사랑을 담아 나누어 줄 수 있겠는가, 가슴에 손을 대고 스스로에게 질문해 보라.

오늘도 삶의 빛은 찬란하게 그대를 비추어 주고 있다. 자신이 가진 단점에 웅크리지 말고 단점마저도 치명적인 매력으로 승화시키는 멋진 삶을 살라고. 타인에 대한 진실한 애정으로 그대의 나머지 인생을 더 아름답게 완성하라고.

나와는 다른 사람

결혼한 지 갓 한 달도 안 된 신혼부부가 있다. 두 사람은 짧은 연애 기간을 마치고 결혼을 했다. 연애하는 동안은 서로가 큰 문제 없이 잘 지냈다. 그런데 결혼을 하고 나서부터 사사건건 문제가 발생했다. 남편은 밤늦은 시간까지 컴퓨터를 들여다보던 습관을 지니고 있었는데 아내는 12시 전에는 모든 불을 끄고 잠자리에 들던 사람이었다. 그래서 아내 혼자 안방에 남겨두고 남편은 작은방에서 컴퓨터를 하게 되었다. 한참 깨가 쏟아진다는 신혼인데 그런 남편이 아내는 원망스러웠다.

"자기야, 나랑 같이 잠들면 안 돼? 혼자서 새벽까지 도대체 컴퓨터로 뭐 하는 거야? 내가 매일 혼자 잠들려고 결혼한 건 아니잖아."

그러자 남편이 버럭 화를 냈다.

"아니, 내가 잠자는 것도 허락받아야 해? 난 새벽 세 시는 넘어야 잠이 온다고. 컴퓨터로 뭘 하든 자유잖아."

그렇게 두 사람은 서로의 다름을 수용하는 일에 서툴렀다. 인간은 각자의 성격이 있고 습관이 있다. 절대로 나와 똑같은 사람은 존재할 수 없다. 그런데 그걸 간과하면 위의 부부처럼 서로에 대해 분노가 생기게 된다. 상대방이 나와 똑같은 사람이 아니라는 걸 알아야 한다. 만약 그 점을 잊는다면 실생활에서 상대방과 나의 의견 차이나 생활 패턴의 차이가 발생했을 때 화를 내거나 무시하게 되는 경향이 생기게 되는 것이다.

위의 이야기의 부부는 남편이 새벽이 되어서야 잠드는 사람이란 걸 아내는 수용해야 하고 아내가 혼자서 잠드는 걸 힘들어한다는 걸 남편은 수용해야 한다. 그렇게 서로가 다르다는 걸 일단 수용한다면 남편이 조금 일찍 잠자리에 들 수 있게 노력할 수 있을 것이고 아내 역시도 남편이 그런 습관을 지닌 사람이니까 하면서 서운하게 생각하지 않을 수 있다. 그렇지 않고서 서로의 다름에 대해 분노의 마음을 품게 된다면 이 부부의 앞날은 험난할 수밖에 없을 것이다.

지구상에 사는 인구는 몇 명일까? 무려 77억 9,500만 명에 이른다. 어마어마한 사람들이 살고 있는 것이다. 그런데 그중에 나랑 똑같은 얼굴에 똑같은 성격에 똑같은 생활 습관을 지닌 사람을 찾는다면 과연 만날 수 있을까? 아마 그건 거의 불가능할 것이다. 어쩌다 운 좋게 나랑 얼굴이 똑같은 사람을 찾았다고 해도 그 사람이 나와 똑같은 성격을 지녔을 확률은 희박하다. 일란성 쌍둥이도 수십 년간 따로 살다 만나면 성격이 완전히 다른 것이 현실이다. 그러므로 우리는 자신과 다른 사람을 만났을 때 그걸 수용해야 한다. 이건 어떻게 보면 지혜로운 삶의 처세술이다.

나는 빨간색을 좋아하는데 상대방은 노란색을 좋아한다고 하자. 그 점에 대해 화를 내는 사람은 없을 것이다. 그런데 정치적 성향이 다른 사람을 만나면 화가 난다. 나는 이 당을 지지하는데 상대방은 다른 당을 지지한다면 이상하게 기분이 나빠진다. 나와 다른 정치적 신념을 지닌 사람을 만나면 은근히 화가 나는 건 내가 상대방의 다름을 수용하지 못해서다.

종교도 마찬가지다. 나와 다른 종교를 가진 사람을 만나면 괜히 이질적인 느낌이 들고 기분이 별로 좋지 않다. 그렇다면 그건 문제가 있는 것이다. 왜 단순한 색깔을 좋아하는 건 상대방에게 다름을 용인해주면서 조금 더 나아가 정치나 종교나 생활 습관 등이 나랑 다르면 기분이 좋지 않아지는가. 그 이유는 내가 다른 사람과 다르다는 것을 수용하지 않았기 때문이다. 그리고 내가 자신을 겸손히 낮추지 못해서이다.

나는 나와 다른 것들을 수용하기 위해 존재한다. 라면을 좋아하는 내가 라면을 싫어하는 너를 만났을 때 그 점에 대해 화를 내거나 실망하지 않을 것이다. 어떤 드라마에 대해 나는 좋은 평가를 하는데 너는 나쁘게 평가한다고 해서 너에게 반감을 갖지 않을 것이다. 나와 너는 다르기 때문이다. 그건 지극히 정상적인 일이라는 것을 안다.

우리가 만약 모두 똑같은 성향을 지녔다고 해보자. 77억 9,500만 명이 다 같이 파란색을 좋아하고 다 같이 한 가지 음식만 좋아하고 다 같이 한 가지 일만 하는 걸 좋아한다면? 지금의 인류 문명이 이루어질 수나 있었을까? 누구는 몸으로 움직이는 일을 좋아하고 누구는 머리로 하는 일을 좋아해서 문화가 발달하고 건축 기술이 발달했음을 부정할 수 없다. 누구는 면을 좋아하고 누구는 쌀을 좋아해서 음식 문화가 발전되었음을 우리는 인정할 수밖에 없다. 서로가 다르다는 건 인간이 생존할 수 있는 귀중한 자산인 셈이다.

나와 다른 이들을 미워하지 말라. 그들에게 반감을 가질 필요도 없다. 오히려 나와 다른 사람이 존재함으로써 내가 더 발전해 나갈 수 있다. 그대가 누군가와의 다름으로 힘들다면 오늘부터라도 그 사람의 다름을 수용하는 노력을 하길 바란다. 그것은 나의 행복을 보장하고 그 사람의 행복 지수도 높여줄 수 있는 최선의 선택이다. 일단은 상대방의 다름을 수용한 후에 그것과 타협을 할 수 있다. 배척하고 미워하는 상태에서는 어떤 협상도 진정성을 얻지 못할 것이다.

나 역시도 타인에게는 다른 사람이 된다. 그런 나를 기꺼이 수용해 주는 사람이라면 얼마나 고마울 것인가. 어떤 경우에도 상대방의 다름에 연연하지 말고 나와 다름을 기분 좋게 수용하는 넓은 마음을 지닌 사람이 되어야 할 것이다.

봄날의 새싹과 이슬 한 방울   •••

겨우내 꽁꽁 얼어붙어 있던 대지 위에 새싹이 난 게 엊그제 같은데 벌써 낮 기온이 25도를 기록한 4월 초순이다. 이제 봄이 무르익어가기 시작하고 있다. 벚꽃은 연분홍 꽃잎을 마구 틔웠고 개나리도 샛노랗게 물들었다. 산에는 진달래가 핏빛으로 곳곳에 피어나고 사람들의 옷차림은 얇아지고 어떤 사람은 벌써 반팔을 입었다. 이렇게 세월의 시계는 자연스럽게 흘러가고 있는 중이다. 어찌 보면 매일 별다를 게 없는 삶 같지만 그 안에서 수많은 이야기들이 펼쳐지고 있다.

몇 달 전까지 어려 보이기만 하던 우리 집 고양이는 임신을 했는지 배가 불러 있다. 집 뒤쪽에는 없던 집이 새롭게 지어졌다. 그 집은 마치 궁전 같다. 중세 시대를 연상시키는 로맨틱한 디자인의 집은 동네 분위기를 더 운치 있게 만들어 주고 있다.

나는 새로 지어진 집을 보면서 감동한다. 그 집을 짓기 위해 여러 사람들이 땀을 흘렸을 것이고 집주인은 새 집에서 행복하게 살겠다는 즐거운 상상을 했을 것이다. 나는 그 집에서 한 가정이 오래오래 행복하게 잘 지내길 기도한다. 아기였던 고양이가 이제 어느덧 엄마 고양이가 되어가는 모습을 보면서 난 또 감동한다. 성장하는 과정을 지켜보는 일은 언제나 감동적이다.

풀잎 위에 이슬 한 방울이 맺혀 있다. 잠시 그 이슬 한 방울의 이야기를 들어 보자. 이슬은 구름에서 내려왔다. 구름은 전 세계를 여행 다니고 더 나아가 우주의 어느 지점도 돌아보고 왔다. 구름은 이슬로 다시 지상에 내려와 잠시 풀잎 위에 누워 있는 중이다. 그러므로 이슬이 본 세계는 인간이 상상할 수 없는 무한한 세계다. 이슬은 물이요, 물은 인간과 모든 생명체의 기본 구성 요소다. 이슬은 작은 소우주에서 거대한 대우주의 끝까지도 체험한 대단한 존재인 것이다. 그런 이슬이 아침햇살 아래 가만히 누워서 인간들이 어떻게 삶을 살아가는지 관찰하고 있다.

"난 긴 시간 동안 광활한 우주를 여행하고 왔어. 이 지상에 존재하는 수많은 식물과 동물의 내면에도 들어가 보았지. 그건 참 다채로운 경험이었어. 어떤 식물은 묵묵히 제 자리에서 궂은 날씨를 견디면서도 제 뿌리를 강하게 만들었지. 그런데 어떤 사람은 자신의 생명을 소중히 여기지 않고 생명의 시간을 무의미하게 낭비하더라고. 난 이제 잠시 풀잎 위에 앉아 휴식을 취하는 중이야. 난 네가 나처럼 어떤 근심이나 걱정 없이 자유롭고 행복했으면 좋겠다. 날 봐. 한없이 투명하고 맑잖아. 내 안에는 어떤 그늘도 없어. 너도 그렇게 살기를 바랄게."

이슬이 하는 말이다. 그 이슬은 잠시 후면 다시 꿈결처럼 하늘로 날아가 버릴 것이다. 이슬 한 방울에도 감동할 줄 아는 건 삶에 대한 경이로움을 체험하는 일이다.

요즘 쑥이 집 주변에 많이 나고 있다. 며칠 전 나는 쑥을 캤다. 어린 쑥은 부드럽고 연하고 향기도 진하지 않다. 그렇지만 열흘 정도 지나면 쑥은 훌쩍 커지고 향도 진해진다. 여린 쑥을 캐서 손바닥 위에 올려놓고 나는 감동했다. 한참을 그것을 지그시 바라보았다.

"어떻게 봄을 알고 나왔니? 겨우내 어떻게 견딘 거야?"

긴긴 겨울날 세상에 나오면 얼어 죽을 것을 알고 따뜻한 봄날 세상에 얼굴을 드러낸 쑥이 대견스러웠다. 그래서 난 감동할 수밖에 없었다. 이슬 한 방울에도 감동할 줄 아는 사람이라면 내 곁에 있는 사람에게도 감동할 줄 알 것이다.

비록 그가 내게 해준 게 없고 나를 힘들게 하는 사람이라도 감동할 수 있다. 그의 검은 두 눈동자에 아로새겨진 생명의 아름다움이 감동의 원천이기 때문이다. 이 세상은 미치도록 아름답고 감동의 연속이다. 매일매일 감동하면서 살아가라. 그대를 감동하게 만들 것은 얼마든지 많을 것이다.

아침에 일어나서 마주하는 거울 속 자신을 보면서도 감동할 수 있고 출근하는 길에 마주치는 피곤한 이웃들의 모습을 보면서도 감동할 수 있다. 길거리에 뒹구는 마른 낙엽을 보면서도 얼마든지 감동할 수 있고 재활용품으로 버려진 맥주 캔 하나를 보면서도 감동할 수 있다. 하나의 물체에 새겨진 역사를 읽어내는 눈을 가진다면 가능한 일이다.

예를 들어서 길거리에 버려진 소파를 봤다고 하자. 여러분은 그 소파를 보면서도 감동할 수 있다. 그 소파의 역사를 이해하면 된다. 소파는 어느 가구 공장에서 가구를 만드는 노동자의 손에서 만들어졌다. 소파를 만드는 고된 일을 하면서 가족들을 부양한 가장의 무게가 그 소파에 묻어있다. 그리고 소파는 그걸 구매한 소비자의 집에서 몇 년을 지냈을 것이다. 그 집에는 엄마, 아빠, 언니, 형, 동생 등 가족이 있었을 것이다. 그 가족들은 점점 나이가 들었을 것이고 소파는 그걸 다 지켜본 증인이다. 가족의 시시콜콜한 사연이

나 엄청난 분쟁이나 슬픈 기억도 소파는 간직하고 있다.

이제 길거리에 버려진 소파가 예사롭게 보이지 않을 것이다. 그건 그대가 소파의 역사를 이해했기 때문이고 감동받을 준비가 된 상태이기 때문이다. 우리 앞에 펼쳐진 모든 것들이 감동의 귀한 소재다. 이슬 한 방울도 허투루 보지 말고 감동하라. 항상 감동받는 삶은 결코 지치고 우울해질 틈이 없을 것이다. 감동하는 삶을 사는 사람은 늘 인생에 대해 감사하게 되기 때문이다.

긍정의 기적　　　•••

비관적인 사람은 늘 부정적인 생각을 한다. 그가 비관적인 사람이 된 가장 큰 원인은 부정적으로 생각을 하는 버릇이 있어서다. 그걸 인식하지 못한 상태로 일생을 산다면 비관적인 사람은 불행한 인생을 살 수밖에 없을 것이다. 인간의 의식은 긍정과 부정, 이 두 가지 가치관에 의해 지배된다고 해도 과언이 아니다.

　감자밭에서 일하던 두 사람이 똑같은 빵을 점심 식사로 받았다. 원래는 밥을 줄 예정이었지만 밥을 해줄 아주머니가 오는 길에 교통사고를 당하는 바람에 급하게 빵으로 끼니를 때우게 되었다. 그건 어쩔 수 없는 일이었다. 그들이 일하는 곳은 배달도 안 되는 산간 오지였던 까닭이다. 한 사람은 빵을 보고 인상을 쓴다.

　"이게 뭐야, 맛도 없는 빵을 먹으라고? 이걸 먹고 어떻게 일해?"

그러나 다른 한 사람은 빵을 소중히 손에 받아든다.

"맛있겠네. 아주머니가 많이 다치시지나 않았는지 걱정이야. 이 빵이라도 감사하게 먹어야지. 굶지 않는 것만도 어디야."

한 사람은 빵을 먹지 않고 바닥에 내동댕이친 채 일을 하고 한 사람은 빵을 맛있게 먹고 즐겁게 일을 한다. 그대는 어떤 사람이 되고 싶은가. 나는 두 번째 사람이 되고 싶다.

부정적인 상황에서 부정적인 생각에 사로잡힌다면 상황은 더 좋지 않게 흘러가게 된다. 그러나 부정적인 상황에서도 긍정적으로 생각하고 대응한다면 상황은 예기치 않게 좋은 방향으로 전개된다. 이 점은 우리가 꼭 기억해야 할 인생의 법칙이다. 긍정은 부정을 이기고 부정은 긍정을 이길 수 없다.

나는 긍정 그 자체가 되기 위해 존재한다. 긍정은 인생이란 바다에 서 있는 등댓불과 같다. 캄캄한 인생의 바다에 긍정이란 등댓불로 인해서 인간은 원하는 곳으로 나아갈 수 있는 것이다. 왜 긍정이 우리를 우리가 원하는 세계로 나갈 수 있게 만들까. 그건 긍정이 가진 힘에서 이유를 알 수 있다. 긍정은 불가능을 가능으로 만들고 패배의 눈물을 환희의 눈물로 바꾸는 위대한 힘을 가지고 있다. 그대는 오늘 긍정하는 삶을 살고 있는가.

긍정은 때론 의학적으로 설명할 수 없는 치유 효과를 일으키기도 한다. 이건 내 경험에서 증명되었다. 10여 년 전쯤 나는 길을 걷다가 발목이 꺾인 적이 있다. 나는 통굽 신발을 좋아해서 약간 굽이 높은 통굽 구두를 신었다. 그날은 시장 옆길을 걷다가 잠깐 딴생각을 했었던 것 같다. 순식간에 신발이 90도로 접혀서 꺾이고 말았다. 얼마나 아픈지 제대로 걷지도 못할 지경이었다. 다행히 뼈는 안 부러진 것 같았다. 나는 당황하지 않고 침착하게 긍정적으로 생각했다.

"뼈는 안 부러진 것 같아. 이 정도면 내 의지로 충분히 회복할 수 있을 거야."

난 병원을 가는 대신 집으로 절뚝이면서 돌아왔다. 엄청난 통증이 찾아왔지만 의지력으로 이겨낸 채 말이다. 그리고 그날 이후로 나만의 긍정 치료를 했다. 그건 특별할 건 없었다. 꺾인 발목을 꺾이기 전의 상태로 되돌아가도록 자세를 바르게 하는 것이었다. 그렇게 한 달, 두 달, 석 달이 흘러 점점 통증은 사라져갔다. 긍정적인 생각으로 나 자신의 치유 능력을 믿고 지냈더니 병원에 가지 않고도 발목은 원상회복을 했다. 파스도 붙이지 않고 흔한 진통제도 사 먹지 않고서도 완치가 되었다. 그건 긍정의 기적이었다.

긍정할 줄 아는 사람은 어떤 고난 앞에서도 허둥대지 않는다. 긍정의 힘이 그를 지탱해 줄 것이므로 제아무리 힘든 일이 찾아와도 의연할 수 있다. 긍정으로 자신을 무장하라. 전쟁터에 나가는 병사가 총을 가지고 가지 않는다면 그 병사는 자신의 생명을 지키기 어려울 것이다. 마찬가지로 인생이라는 전쟁터에 긍정이라는 최고의 무기를 가지고 살지 않는다면 그 사람은 자신을 온전히 지켜내기 힘들 것이다.

우리에게 긍정은 그 무엇으로도 대체할 수 없는 생명수와 같다. 의심하지 말고 긍정하라. 혹시 이 일이 잘되지 않으면 어쩌지, 저 사람이 날 힘들게 하면 어쩌지. 이런 걱정과 의심은 더욱 자신을 불행하게 만들 뿐이다.

"그 일이 잘된다면 난 앞으로 내 인생이 잘 풀릴 것이라고 생각할 거야."

이렇게 조건을 걸고서 긍정한다는 건 의미 없는 일이다. 그건 긍정이 아니다. 그대는 긍정 그 자체가 되어야 한다.

"내 인생은 잘 풀리게 되어 있어."

이렇게 생각하는 사람은 긍정 그 자체의 사람이다.

"이 일은 분명히 내게 좋은 결과를 가져다줄 거야."

이렇게 생각하는 사람이 긍정 그 자체의 사람이다.

"혹시 이 일이 잘못된다면 어떻게 하지?"

이런 생각은 긍정을 죽이는 부정의 생각이다. 혹시 지금 이렇게 부정적인 생각을 하고 있다면 나머지 인생을 위해서라도 긍정적인 생각으로 바꿔야 한다. 할 수 없음의 관점에서 세상을 바라보지 말고 할 수 있음의 관점에서 세상을 바라보라. 그렇게 하면 지금까지 어떤 벽에 부딪힌 듯해서 망설이던 일을 거뜬히 해낼 수 있게 될 것이다.

누군가를 만났을 때 그 사람의 단점을 파악하지 않고 장점을 찾아보는 사람이 긍정적인 사람이다. 긍정의 에너지는 무덤 속의 죽은 자도 살릴 수 있는 강력한 생명의 에너지다. 이 세상의 모든 생명체는 긍정의 에너지로 잉태된 것들이다. 그러므로 인간은 늘 긍정적인 마음을 가지고 살아야 한다. 그래야 본연의 형태로 존재할 수 있게 될 것이다. 만일 긍정의 에너지로 태어난 인간이 부정적인 마음을 가지고 산다면 본연의 형태를 유지할 수 없게 될 것이다. 즉, 그는 불행해지고 일그러진 형태의 삶을 살아갈 수밖에 없다. 매일매일 긍정적인 사람이 되겠다고 스스로 다짐하는 것만이 주어진 삶을 행복하게 만들어줄 것이다.

일상이 예술이 될 때

이쑤시개는 매우 하찮은 것이라고 생각하기 쉽다. 하지만 모두가 하찮다고 생각하는 이쑤시개로 놀라운 예술 작품을 만드는 사람이 있다. 작고 보잘것없는 이쑤시개를 이용해서 실제 배와 똑같은 배를 만들고 멋진 건물을 만든다. 그 작품을 만든 사람에게 이쑤시개는 한 번 쓰고 버리는 일회용품이 아니라 소중한 물건일 것이다. 그는 이쑤시개로 별의미 없던 일상을 자신만의 예술 행위로 매우 값어치 있게 바꾸었다.

우리의 일상은 반복의 연속이다. 아침에 일어나서 밥을 먹고 출근을 하거나 집안일을 하거나 학교에 간다. 점심을 먹고 각자의 자리에서 어제와 다를 바 없는 일을 한다. 그리고 저녁을 먹고 텔레비전이나 컴퓨터나 휴대폰을 들여다보다가 잠자리에 든다. 그렇게 반복되는 일상은 어느새 권태로움을 느끼게 만든다. 그리고 이런 생각이 든다.

'날마다 같은 하루, 지겹다 지겨워.'

이제 갓 결혼한 신혼부부는 서로 보기만 해도 꿀이 떨어진다. 하지만 30년 된 부부는 너무 익숙해져서 서로에게 권태로움을 느끼고 신선한 감정을 느끼기 어려워진다. 우리의 삶도 마찬가지다. 어느 정도의 시간이 흘러 내 인생에 대한 느낌을 알게 될 즘 하루하루 반복되는 일상에 감정이 무뎌지게 된다. 그래서 아침에 눈을 뜨는 일이 즐겁지 않고 기대감 없는 하루를 보내는 경우가 많아진다. 이제 그런 권태로움으로부터 벗어날 때다.

오늘 하루의 시간을 어제의 하루와 다를 바 없이 보내지 말라. 오늘은 오늘의 삶을 살아야 한다. 그것을 가능하게 만드는 것은 오늘이란 시간을 예술로 승화시키는 것이다. 예술은 창작의 고통을 수반한다. 자신의 지혜로 창작하는 고통을 거쳐야 진정한 예술품이 탄생하는 것이다. 다른 이의 것을 모방하는 것은 표절에 불과하다. 나만의 색깔로 나만의 예술 작품을 만들어 가야 한다.

시내에서 작은 치킨집을 운영하는 K는 오늘도 자신의 일상을 예술로 승화시키는 중이다. 대기업에서 중견 간부로 일하다 퇴직 후 치킨 가게를 차린 그는 60대 후반이다. 적지 않은 나이지만 그는 늘 활기가 넘친다. 그의 가게에 가면 매일 다른 에너지로 충만한 그를 만날 수 있다. 손님이 치킨을 주문하면 그는 햇살처럼 밝은 목소리로 대답한다.

"네, 손님. 알겠습니다. 제가 맛있게 만들어 드릴 테니까 지루하시더라도 25분쯤 기다려주세요."

그의 목소리와 표정은 고흐의 해바라기처럼 보는 이의 마음에 잔잔한 행복감을 선물한다. 그는 닭을 튀기는 일을 도예가가 도자기를 빚듯이 정성스럽게 한다. 그에겐 나름대로 자신만의 법칙이 있다. 그건 절대로 오래된 식용유를 사용하지 않는다는 것이다. 되도록 신선한 기름을 이용해서 손님들에게 닭을 튀겨주기 위해 서너 번 이상은 기름을 재활용하지 않는다. 손님들은 맛을 보고 치킨이 다른 집과 다르다는 걸 알게 되었다.

"이 집 치킨은 느끼하지 않고 깔끔해. 오래된 기름을 쓰지 않고 신선한 기름을 사용한 것 같아."

K는 매일 반복되는 일상을 예술로 만드는 중이다. 어찌 보면 매일 계속되고 반복되는 노동에 지칠 법도 한데 그는 하루하루가 즐거운 창작의 날이다. 그에게 일상은 예술 작품을 만드는 즐거운 시간이다. 어제 본 사람을 오늘도 보고, 어제 한 일을 오늘도 한다고 해서 매너리즘에 빠지는 오

류를 범하지 말라. 오늘의 일은 오늘의 창작물이 되어야 한다. 오늘의 일은 오늘의 창조적인 정신에 의해서 새롭게 탄생하는 작품이다. 그러므로 절대 지치지 말고 그대의 일상을 아름답게 만들어라.

나는 일상을 예술로 승화시키기 위해 존재한다. 밥을 먹는 순간에도 나는 가장 우아한 모습으로 먹는다. 길을 걸을 때도 나는 가장 멋진 포즈로 걸어간다. 친구를 만날 때도 나는 가장 환한 미소로 인사한다. 옷을 입을 때도 나는 나만의 개성으로 매일 나를 예쁘게 디자인한다.

내가 이렇게 모든 순간에 창조력을 발휘하는 건 내가 받아든 오늘이라는 시간의 소중함을 가슴 깊이 알기 때문이다. 이렇게 값진 시간을 무의미하게 보낼 순 없다. 일상을 허무하게 낭비할 이유도 없다. 불굴의 작품을 만들겠다는 뜨거운 예술가의 혼을 지니고 나의 하루를 세상에서 가장 아름다운 작품으로 만들 것이다.

며칠 전에는 마트에서 양파를 한 망 사 왔다. 요즘 대파 값이 한 단에 7,000원에 이르다 보니 양파를 키워서 대파 대용으로 써볼까 하는 생각이 들었다. 그렇게 해서 양파 한 개를 방 안에서 키우게 되었다. 투명한 플라스틱 그릇 안에 물을 적당히 붓고 양파를 넣어두었더니 이 녀석이 매일 매일 다르게 성장한다. 그 모습은 마치 산수화 작품을 보는 것 같다. 어제는 작고 보잘것없던 양파의 싹이 오늘은 어느새 한 뼘이나 자라나 있다. 그건 산수화 속의 나뭇가지처럼 생명력이 있다. 양파도 일상을 예술로 만드는 중이다. 우리가 양파만도 못한 존재가 되어선 곤란하지 않겠는가.

일상의 예술화는 얼마든지 가능하다. 우리의 삶은 끊임없는 변화의 연속이다. 그건 발전이고 더 나은 존재로의 발돋움이다. 자칫 정체될 수 있는 정신을 가다듬어서 새로운 창조력으로 하루하루를 살아야 할 것이다.

아침밥을 먹을 때도 오늘의 창조성을 발휘해서 반찬을 만들고 밥을 해 먹어라. 일을 할 때도 오늘의 창조성을 발휘해서 좀 더 획기적인 일을 해라. 친구를 만날 때도 오늘의 창조성을 발휘해서 친구와 더 즐겁고 가치 있는 시간을 보내라. 이렇게 조금씩 자신의 시간이 예술가의 혼으로 채워질 때 인간은 존재의 의의를 찾을 수 있을 것이다.

살아있다는 것   ...

봄만 되면 나를 찾아오는 불청객 손님이 있다. 그건 꽃가루 알레르기다. 처음엔 코가 간질간질하다가 콧물이 물처럼 흐르고 눈도 가렵고 재채기도 심하게 난다. 이 증상은 약 한 달 정도 지속되는데 일상생활이 힘들 지경이다.

나도 처음부터 이런 건 아니었다. 스무 살까지는 아무 이상이 없이 편안한 봄을 보냈었다. 그런데 스무 살 봄부터 꽃가루 알레르기 증상이 나타난 것이다. 그래도 처음보다는 지금은 많이 좋아진 편이다. 나에게 봄은 꽃가루 알레르기와 함께 기억되는 계절이다. 어떻게 보면 참 힘든 인생을 보내는 사람이다. 남들은 봄꽃놀이 가고 즐거운데 난 꽃가루 때문에 재채기하고 화장지로 콧물을 틀어막아야 하는 고통을 겪어야 하니 말이다. 그렇지만 이런 나의 삶도 나는 사랑하고 감사한다.

살아있다는 것, 실존. 우리의 실존은 생명의 증명이다.

살아있음은 그 무엇으로도 비교할 수 없는 축복이다. 그런 사실을 깨닫지 못한 사람은 자신의 생명을 경시하고 함부로 시간을 낭비한다. 얼마 전 교외로 차를 타고 가는데 오토바이 폭주족들이 신호를 무시하고 달리는 걸 보았다. 분명히 정지 신호인데 멈춘 자동차 사이를 마치 묘기를 부리듯 요리조리 피해 달려가던 폭주족들을 보면서 그들은 자신의 생명을 소중히 여기지 않는다는 생각을 했다. 실존의 소중함을 깨닫지 못했기에 그렇게 무모한 질주를 하고 있는 것이리라.

나는 개를 좋아한다. 그래서 개에 관한 이야기는 주의 깊게 듣는다. 어떤 개 한 마리가 새끼를 다섯 마리를 낳았는데 그중 두 마리가 안타깝게 죽고 말았다. 그래서 주인은 죽은 새끼 두 마리를 땅에 묻기 위해 뒤뜰로 삽을 가지고 가서 땅을 파기 시작했다. 그때 어미 개가 미친 듯 달려와서 땅속에 눕힌 새끼를 제발 묻지 말아달란 듯이 눈물을 흘리며 애원했다. 내 배 아파 낳은 자식을 차마 못 보내겠다는 어미 개의 눈물 어린 호소에 주인은 한참을 망설이고 가슴 아파했다. 개도 실존의 소중함을 아는 것이다. 죽은 새끼를 살리고 싶은 어미 개의 마음은 얼마나 감동적인가.

그런데 어떤 사람은 자신이 좋아하는 감정을 고백했는데 상대방이 받아주지 않았다는 이유로 그 일가족을 잔인하게 살해했다고 한다.

"그녀가 저의 사랑 고백을 무시하고 전화번호를 바꾸고 이사를 갔습니다. 그래서 화가 나서 이런 일을 저질렀습니다."

그는 실존의 소중함과 찬란함을 모르는 사람이다. 자신이 좋아하는 사람이 설령 고백을 받아주지 않았더라도 그저 이 세상에 살아서 숨 쉬고 있다는 것만으로도 감사해야 한다는 사실을 깨닫지 못한 사람인 것이다. 이런 실존에 대한 감사는 범죄자를 범죄자가 되지 않게 만드는 키가 아닐 수 없다. 범죄를 저지르고 싶은 마음을 지닌 사람이 상대방에 대해 생명을 지닌 것만으로도 고마운 존재라는 사실을 인정한다면 그에게 해가 되는 일을 저지를 가능성은 없을 것이다.

우리는 누구나 실존의 체험을 하는 찬란한 존재들이다. 이런 실존의 체험장이 지구이고 실존의 시간이 인생이다. 살아있음으로 사계절의 아름다운 변화를 느끼고 볼 수 있고 가족과 친구와 이야기를 나누고 정을 쌓아갈 수 있는 것이 아닌가. 그러므로 살아있는 것 자체, 즉 실존에 대한 각성은 반드시 필요하다. 나의 실존이 소중한 만큼 상대방의 실존도 소중하다. 그 점을 자신의 가치관으로 정하는 게 필요한 시점이다.

　나는 실존의 찬란함을 체험하기 위해 존재한다. 실존은 찬란한 경험이다. 아침 햇살처럼 아름답고 빛나는 시간들이다. 그대와 나의 실존을 아주 귀하게 생각해야 한다. 우린 실존한다. 실존함으로 서로 우정과 사랑을 나눌 수 있다. 만일 우리가 실존하지 못한다면 이 모든 것이 무슨 소용이 있겠는가.

　요즘 비트코인 등으로 몇백억을 벌어서 회사를 그만두고 떠나는 사람들이 있다는 풍문 때문에 직장인들이 허탈감에 빠져있다고 한다. 그런데 몇백억을 벌었다고 해도 그 사람이 곧 생명의 끈을 놓게 된다면 그 돈이 과연 무슨 소용이 있겠는가.

　돈의 가치는 실존 앞에서 한 장의 종이보다도 못한 것이 된다. 누군가 수조 원을 지녔다고 해도 그가 실존의 세계에서 사라진다면 그 수조 원은 그에게 아무것도 아닌 것이다. 돈보다는 생명이 소중하고 귀한 것임을 우리는 알아야 한다. 실존은 인간의 가장 기본적인 요소다. 인간이라면 그는 일단 생명을 지니고 살아있는 존재를 말한다. 그러므로 우리는 실존의 찬란함을 체험해야 한다. 자신이 살아있다는 것이 얼마나 멋진 일인지 고마운 일인지 놀라운 일인지를 가슴 깊이 깨닫는 시간을 가져야 한다.

지난겨울 강원도 어느 지역을 지나가는 길에 커다란 소나무 세 그루가 뿌리째 뽑힌 채 처참하게 쓰러져 있는 걸 보았다. 폭설이 내린 후 눈의 무게를 견디지 못한 까닭에 벌어진 일이었다. 허무하게 뽑혀 생명을 잃은 나무는 더 이상 실존하지 못한 상태였다. 소나무는 더 이상 소나무가 아닌 그저 생명 없는 썩어가는 나무토막에 불과했다. 나는 그 광경을 바라보면서 실존한다는 것이 얼마나 고귀한 것인지 절실히 깨달았다. 사계절 푸르던 소나무가 실존하지 못하게 되자 더 이상 소나무로서의 가치를 보여줄 수 없게 된 것이었다. 그렇다. 인간도 살아있음으로 인해서 자신이 얼마나 무한한 능력을 지닌 존재인지를 보여줄 수 있는 것이다. 그렇기 때문에 우리는 자신이 실존한다는 사실에 대해 무한한 감사를 해야 마땅하다.

지금 이 글을 쓰는 시간은 새벽 한 시다. 나는 실존의 찬란함을 체험하면서 즐겁게 글을 쓴다. 내 코 양쪽은 화장지로 막아 놓았다. 오늘 아침에 눈을 뜬 순간부터 콧물이 나고 재채기가 나고 눈도 가렵고 무척 아팠다. 코를 온종일 화장지로 막고 다녔다. 그 모습이 어찌 보면 정말 우스꽝스러울 것이다. 저렇게 하고 어떻게 사나 싶을 정도로 불쌍해 보일 지경이다.

그렇지만 난 의연하다. 이 순간이 눈물겹게 즐겁기 때문이다. 그 이유는 내가 실존하고 있기 때문이다. 실존의 찬란함에 도취되어 있기 때문이다. 내 실존의 값진 시간을 값어치 있게 꾸며야 한다는 사명감이 있다. 이어폰으로 음악을 들으면서 글을 쓰는 이 시간이 행복하다. 비록 꽃가루 알레르기라는 불치병으로 투병하는 중이지만 나는 그것조차도 감사할 뿐이다. 실존한다는 건 어떤 어려움에 처해도 스스로 일어날 수 있는 자립의 기반이다. 실존의 찬란함에 숙연해질 것. 오늘 살아있음에 진심으로 고마워하는 사람만이 자신의 삶을 성공적으로 이끌 것이다.

참다운 내가 되다 ...

택배 일을 하는 30대 후반 김 씨는 오늘도 점심을 거르다시
피 했다. 물량이 너무 많아서 편하게 밥을 먹을 시간도 부
족해서 빵과 두유 하나로 끼니를 때운 것이다. 오늘도 밤
열두 시 정도 되어서야 배달을 마칠 것 같다. 수백 개의 택
배 상자가 그의 손길을 기다리고 있다. 그런 그에게 누군가
가 물었다.

"이렇게 일이 많으니 힘드시죠?"

그러자 그는 티 없이 밝은 표정으로 대답했다.

"힘들긴 하죠. 하지만 제가 배달하는 물건을 받으실 고객
들을 생각하면 기분이 좋습니다. 저는 어떤 사명감을 가지
고 일해요. 그래서 늦게까지 일해도 괜찮습니다."

사명감을 가지고 일하는 그의 택배차는 오늘도 힘차게
도로 위를 달린다. 엘리베이터가 없는 5층 빌라의 계단을
오를 때도 투덜거리지 않는다. 비록 다리가 아프고 숨이 가

쁘지만 물건을 받아들고 좋아할 사람들을 생각하니 전혀 힘들지 않은 것이다. 그는 자신이 하는 일에 자긍심을 가지고 있다. 그는 정말 참다운 모습의 자신을 이 세상에 드러내고 있는 것이다.

참다운 내가 된다는 건 내가 할 수 있는 일을 사명감을 가지고 하는 것이라고 할 수 있다. 자신이 하는 일에 열정을 가지고 살아가는 사람은 참다운 나로서 살아가는 사람이다. 그러나 반대로 자신이 하는 일을 불평하고 비하하면서 살아가는 사람은 참다운 나가 아닌 공허한 나로서 살아가는 사람이다.

우리나라의 명견이 진돗개라는 건 모른 사람이 없을 것이다. 주인을 구한 진돗개 이야기 또한 한 번쯤 들어봤을 것이다. 불이 나서 주인이 위험에 처하게 되었다. 진돗개는 자신의 몸에 물을 묻혀서 불길 속으로 뛰어들었다. 쉴 새 없이 이리저리 뒹굴어서 불을 끄고 주인을 구한 후 죽은 진돗개 이야기는 전설처럼 내려오는 이야기다.

그리고 수백 킬로미터나 되는 먼 길을 걸어서 집에 찾아온 진돗개도 있다. 다른 사람에게 분양을 하려고 주인이 차에 태워 수백 킬로미터가 넘는 곳에 데려가 두고 온 진돗개가 산 넘고 물 건너 열흘 동안 걸어서 진도로 돌아왔다고 한다. 우리는 진돗개의 이런 이야기를 들으면서 주인에 대한 충성심과 고향에 대한 회귀성에 놀라움을 느낀다.

그런데 진돗개의 내면을 들여다보면 진돗개는 참다운 나의 행동을 한 것이었다. 만약 진돗개가 주인이 불에 타서 죽든 말든 개의치 않았다면 그건 진돗개가 자신의 참다운 면을 드러내지 않은 것이다. 먼 길을 힘겹게 걸어서 고향에 돌아온 진돗개도 참다운 나의 의지로 돌아온 것이라고 볼 수 있다.

사람이든 동물이든 참다운 내가 된다는 건 반드시 필요한 일이다. 누가 주인이 위험에 처했는데 본체만체한 진돗개를 칭찬하겠는가. 자신의 목숨을 걸고서라도 참다운 나로서의 행동을 한 진돗개라서 우리는 그 개를 기억하고 기린다. 사람도 마찬가지다. 자신에게 주어진 일을 사명감을 가지고 하지 않는 사람은 다른 이의 가슴에 감동을 주지 못한다. 그리고 좋은 느낌을 줄 수도 없다. 반대로 자신에게 주어진 일에 사명감을 가지고 참다운 나로서 살아가는 사람은 그를 아는 사람 거의 모두에게 감동을 주게 된다.

나는 참다운 내가 되기 위해 존재한다. 내가 아닌 다른 존재로서 살아가는 것이 아니라 온전한 나라는 존재로 살아간다. 그렇게 하기 위해서 내가 하는 일에 자긍심을 지닌다. 다른 이가 잘되면 축하하고 다른 이가 어려움에 처하면 진심으로 가슴 아파한다. 나는 다른 사람을 시기하지도 않고 멸시하지도 않는다. 오직 참다운 내면의 나로 살아가기 위해 노력할 것이다. 내게 주어진 일상의 일들을 사명감을 지니고 해낼 것이다. 그렇게 함으로써 나는 진정 참다운 내가 된다는 걸 알기 때문이다.

참다운 내가 되지 못하면 인생은 주인 없는 집처럼 엉망이 될 것이다. 그대의 인생이 힘들다면 그건 참다운 나를 아직 삶에 구현하지 못했기 때문이다. 인생의 어려움은 참다운 나의 강한 의지로 극복할 수 있다. 나의 참모습, 참다운 나는 강력한 항불행제이다. 날 불행하게 만드는 각종 문젯거리들을 효과적으로 물리칠 수 있는 건 참다운 내가 발휘하는 일상의 작은 노력에서부터 시작한다.

자신이 하는 일에 긍지를 지닐 것, 자신이 하는 일에 감사할 것, 자신이 하는 일에 사명감을 가지고 적극적으로 임할 것. 긍정적이고 행복한 인생을 살아가고 싶다면 항상 내가 참답게 살고 있는가를 점검하라. 그건 운전자가 자신의 자동차를 점검하는 것보다 더 중요한 일이다.

자동차는 고장 나면 수리하고 못 쓰게 되면 다시 새 차를 사면 그만이지만 인생은 더 이상 고칠 수 없어지면 곤란한 상황이 된다. 그런 불행한 상황을 예방해주는 길은 오직 참답게 살아가는 것이다. 자기 자신에게 부끄럽지 않은 삶이 바로 참다운 삶이라고 할 것이다.

감나무 용서하기

사람은 에너지가 넘치는 청춘의 시절은 짧고 그보다 훨씬
긴 시간을 점점 쇠락해가는 육체와 마음으로 살아간다. 그
러나 그것은 모두에게 적용되는 일률적인 사항은 아니다.
어떤 사람은 청춘의 시간을 지나도 마음이 젊고 육체적으
로도 젊음을 유지하며 즐겁게 살아간다. 그런 이들이 그렇
게 살아갈 수 있는 기저에는 여러 가지 이유가 있을 것이
다. 그중 한 가지 비법이 있다. 그건 다른 사람을 원망하는
삶이 아닌 용서하고 잊어주는 삶을 살아가는 것이다.

　타인에 대한 원망으로 나의 소중한 시간을 채워간다면 어
떻게 되겠는가. 미래에 대한 희망적인 생각을 할 틈이 없으
므로 미래는 암울하게 채색되어질 것이 뻔하다. 자신을 부
당하게 대우한 사람에 대한 미움으로 몸서리치고 있다면 그
건 자기 자신에 대한 일종의 학대라는 것을 깨달아야 한다.

　어떤 죽을죄를 지은 사람이라도 우리는 용서라는 카드

를 꺼내어서 사용해야 한다. 인간에 대한 단죄는 신이 하실 것이다. 우리는 다만 용서함으로써 나 자신에게 평화의 날들을 선물해야 한다. 그렇지 않고서 계속 증오심을 품고 살아간다면 삶은 지옥의 터널 속에 갇힌 시간이 될 것이 분명하다.

더할 수 없이 친하게 지내던 이웃이 있었다. 그들은 가까운 친척 사이었는데 바로 옆집에 살았다. 두 집 사람들은 오래전부터 허물없이 맛있는 음식을 나눠 먹고 같이 밭일도 도우면서 살았다. 그러던 어느 날, 감나무 잎이 상대편 마당에 떨어져서 그걸 치우던 할머니가 화를 냈다.

"정말 가을만 되면 귀찮아 죽겠어. 이놈의 감나무를 잘라 버리든지 하지. 왜 자꾸 감나무 잎이 우리 집 마당에 떨어지게 하는 거냐고. 당장 자르라고!"

이렇게 언성을 높이자 옆집 할머니도 화를 내면서 고성을 질렀다.

"네가 뭔데 감나무를 자르라는 거야. 나무니까 이파리가 떨어지는 건 당연한 거지. 왜 남의 집 감나무를 가지고 트집이야."

이렇게 두 어머니의 싸움은 그 집 아들들의 싸움이 되었다. 결국 감나무는 베었지만 앙심을 품은 감나무 집 아들은 옆집과 자신의 집 경계에 높고 높은 담을 쌓았다. 담을 쌓게 되자 옆집 사람은 차를 돌릴 때 매우 불편하게 되었다. 두 집 사람들은 화해할 생각이 없다. 서로를 미워하고 헐뜯느라 용서라는 건 생각할 겨를이 없는 것이다.

그러는 동안, 한 집은 차를 돌릴 때 매우 불편했고 다른 한 집도 옆집 사람들의 불평불만 때문에 골치가 아팠다. 결국 양쪽 집 모두 신경정신적인 질환을 얻어서 병원에서 약을 타서 먹어야 잠이 드는 지경에 이르렀다. 만약 이 두 집 사람들이 서로 용서하는 아량을 발휘했다면 어땠을까.

내가 상대방을 용서한다는 건 상대방에 대한 배려이기 전에 나 자신에 대한 배려이다. 만약 어떤 사람의 잘못을 절대 용서하지 않고 평생을 곱씹으면서 미워한다면 누가 힘들겠는가. 미움을 받는 상대방인가, 미워하는 나인가. 대답은 당연히 미워하는 나 자신이다. 그러므로 나의 용서는 나 자신을 지옥에서 천국으로 인도하는 최고의 묘약인 셈이다. 내가 누군가를 용서한다는 건 나에 대한 최상의 선물인 것이다. 그러므로 용서하라.

나는 최선을 다해 용서하기 위해 존재한다. 이 사실은 매우 중요하다. 누구든 잘못을 저지르거든 의도적으로 용서해야 한다. 오늘 자신의 마음에 상처를 준 사람을 용서하라. 오늘 자신을 화나게 만든 그 사람을 용서해야만 한다. 용서만이 우리에게 마음의 안정을 줄 것이다. 계속 미워하는 상태로 자신을 방치한다면 머지않아 신경정신과를 방문하게 되어있다. 그 점을 안다면 더 이상 다른 사람에게 증오심을 품지 않을 것이다.

정치인들은 하루가 멀다 하고 상대방을 공격하고 증오심을 표현한다. 특히 선거에 나선 사람은 그 정도가 심하다. 어느 도시에 도지사 선거가 있었는데 거대 양당의 두 후보가 유력 후보로 떠올라 연일 뉴스를 장식했다. 그런데 그중 한 후보는 상대방에 대해 입에 담지 못할 비난을 일삼았다. 인간적인 모욕도 서슴지 않았다. 그러나 다른 후보는 상대방이 자신에게 퍼붓는 온갖 비난들을 용서하고 오히려 상대방에 대해 좋은 말을 했다.

"그 후보님도 좋은 정책들을 많이 가지고 계시더군요. 좋은 점은 제가 본받을 예정입니다."

이런 인터뷰를 본 유권자들은 감동을 받았다.

"어떻게 저런 말을 할 수가 있을까. 자신을 그렇게 비난하고 헐뜯는 사람을 용서하고 너그럽게 포용하는 저 사람이야말로 우리 지역의 도지사로서 자격이 있어."

결과는 어떻게 되었을까. 상대방을 비하하고 조롱하던 후보를 압도적인 표차로 이기고 용서하고 칭찬을 한 후보가 도지사로 당선되었다.

사람들은 누군가에게 극심한 증오심을 지닌 사람을 싫어한다. 그건 일종의 자기방어일 수 있다. 저 사람은 언젠가 나도 미워하고 헐뜯을 거야. 그래서 그런 사람에 대해 일종의 반감을 가지게 된다. 반면에 용서하고 사랑하는 사람에겐 왠지 호감이 느껴진다. 그의 자애로운 마음에 저절로 이끌리게 되기 때문이다.

우리의 용서는 타인에게는 안도를 나에게는 참된 마음의 평화를 선물한다. 만일 자신이 뭔가 상대방에게 잘못을 했는데 상대방이 죽도록 나를 미워하고 용서하지 않는다면 어떤 기분일까. 아마도 매우 난감할 것이다. 그러나 상대방이 나의 잘못을 기꺼이 용서해주고 사랑해준다면 어떨까. 그런 경우라면 정말 감사하지 않겠는가.

그대에게 무언가 원한을 살만한 일을 저지른 사람이 있거든 용서하라. 그건 그대 자신을 위한 현명한 선택이 될 것이다. 오늘 누군가에 대한 증오의 칼날을 버리고 사랑과 용서라는 꽃을 마음에 품어보라. 용서함으로써 우리는 따뜻한 시간들 속으로 입장하게 된다. 아무리 미워도 용서할 수 있다. 왜냐하면 인간은 누구나 잘못을 저지를 수밖에 없는 불완전한 존재들이기 때문이다.

세상을 바꾸는 마음

21년 동안 한 해도 빠짐없이 기부를 하는 얼굴 없는 기부 천사가 사람들에게 큰 감동을 주고 있다. 어떤 일을 21년 동안 꾸준히 한다는 건 대단한 일일 것이다. 게다가 그 일이 착하고 아름다운 일이라면 더욱 그러하다.

전주시 노송동의 주민센터 인근에 매해 크리스마스를 전후로 해서 익명으로 성금을 놓고 가는 기부 천사는 오만 원에서 십 원짜리 동전에 이르기까지 수천만 원에 이르는 돈을 해마다 기부하고 있는 중이다. 그런데 작년에는 그 기부 천사의 돈을 노린 강도에 의해 성금을 도둑맞은 사건이 발생해 사람들을 놀라게 하기도 했다. 한 사람은 사람들을 감동시키고 또 다른 사람은 큰 실망감을 안겨준 것이다.

기부 천사의 목소리는 남자라고 한다. 그렇지만 더 이상의 신상 정보는 알 수가 없다. 그가 어떤 사람인지는 잘 모르지만 그의 천사 같은 행동은 사람들의 심금을 울렸고 선한 영향력을 행사하게 되었다. 기부 천사의 선행을 보고 감동한 사람들이 자신도 다른 사람을 돕는 삶을 살겠다고 다짐하기도 하기 때문이다. 그런 선한 영향력은 선한 마음에서 우러나오는 에너지다. 악한 사람이 선한 영향력을 행사한다는 건 있을 수 없는 일이지 않겠는가.

감동을 주는 삶을 산다는 건 어떤 삶을 의미하는 걸까. 우리의 삶이 누군가에게 감동을 줄 수 있다면 그것만큼 의미 깊은 일도 없을 것이다. 감동을 주는 삶이란 자신의 이익을 추구하지 않고 타인을 위해 헌신하는 삶이다. 그런 전적으로 이타적인 삶을 사는 사람을 볼 때 우리는 저절로 감동하게 되는 것이다. 자신의 목숨의 위험을 개의치 않고 환자들을 돌보았던 나이팅게일이나 자신의 전 재산을 아낌없이 사회에 환원하는 기업인들을 볼 때 우리는 감동한다. 그런 전적인 이타심이야말로 인간의 마음에 따뜻한 감동의 물결을 선물한다.

그러나 반대로 자신의 이득만을 위해 바득바득 살아가는 사람을 보면 감동은커녕 인상이 찌푸려진다. 옆집 사람이 괴로워하든지 말든지 시끄러운 소음을 내는 사람, 다른 운전자가 놀라든지 말든지 자신의 속도에 취해 과속과 끼어들기를 일삼는 사람, 직원들은 월급을 못 받아 생활고에 시달리든지 말든지 자신과 가족을 위해 돈을 빼돌리는 악덕 사장, 친구는 괴롭든지 말든지 왕따 시키고 괴롭히는 사람 등. 이런 수많은 이기적인 사람들은 감동스러운 삶을 살기회를 스스로 버리고 있는 중이다.

나는 세상에 따뜻한 감동을 주기 위해 존재한다. 날로 척박해지는 세상에서 감동을 주는 사람은 반드시 필요한 산소와 물과 같은 사람일 것이다. 산소가 없다면 인간은 1분을 살기도 어렵다. 그렇듯이 감동이 없는 세상은 1분도 더이상 살아갈 가치가 없는 세상이 될 것이라고 보면 된다.

수많은 감동스러운 행위들이 모여서 서로의 마음을 위로한다. 그런 위로를 받고 고달픈 일상의 쉼을 얻는 사람들이 다시 또 다른 누군가의 마음을 위로하는 감동스러운 행위를 하게 되는 것이다. 감동을 받으면 감동은 다시 거듭나서 새로운 감동으로 재창조된다. 감동을 많이 받을수록 그사람은 감동을 주는 사람이 될 확률이 높을 것이다.

그렇다면 이런 결론을 얻을 수가 있다. 세상에 따뜻한 감동을 주는 사람이 되려면 세상의 크고 작은 일들로부터 감동을 받는 사람이 먼저 되어야 한다는 점이다. 감동을 느끼기 위해서는 정말 많이 언급한 이야기지만 고마워하는 마음, 감사하는 마음이 있어야 한다.

누군가 좋은 일을 하는 것을 보고 감사하는 마음을 가진 사람은 그 좋은 일에 감동한다. 하지만 감사할 줄 모르는 사람은 감동을 할 수 없다. 일례로 그대에게 이웃 사람이 어느 날, 김치전을 가지고 왔다. 그걸 보고 그대가 감사한다면 감동의 마음이 생겨날 것이다. 하지만 감사하지 않고 무관심하게 김치전을 받는다면 감동의 마음은 생겨나지 않을 것이다.

감동을 주기 위해 살아가겠노라고 의식에 새기게 된다면 아름다운 변화가 생긴다. 평소에는 작은 갈등에도 화를 내던 사람이라면 감동을 주는 사람이 되겠다고 다짐한 순간부터는 그 갈등을 평화롭게 해결하겠노라고 생각하게 된다. 그래서 싸움은 잦아들고 어느새 화목한 관계로 발전하게 되는 변화가 일어난다. 이런 극적인 변화는 개인의 일상을 행복하게 만들어주는 계기가 된다. 결국 감동을 주는 사람으로의 변신은 자기 자신을 위한 최상의 선택이 되는 셈이다.

내가 받은 감동의 페이지를 장식한 두 분의 이야기를 소개할까 한다. 그중 한 분은 내 고향의 읍내에 있는 터미널

근처에서 과일가게를 하시는 할머니다. 할머니는 내가 어릴 적부터 50년이 넘도록 한 과일가게에서 장사를 하고 계신다. 이제는 거의 90세가 다 되셔서 머리는 하얗게 변하고 얼굴은 굵은 주름이 가득하시다. 하지만 수십 년 전과 전혀 변함없이 친절한 웃음으로 손님들을 대한다.

"맛있는 과일 드셔보세요."

그렇게 과일 한 조각을 권하시는 할머니의 활짝 웃는 표정은 잘 익은 포도처럼 향긋하다. 수많은 차들이 수시로 다니는 매연이 가득한 8차선 도로 옆 과일가게 할머니. 그런 환경을 탓하지 않고 자신이 하는 과일가게를 열심히 운영하시는 모습이 아름다웠다. 젊은 시절부터 호호 할머니가 되기까지 같은 장소에 늘 쉬지 않고 출근하시는 할머니의 근면 성실한 모습을 보고 나는 큰 감명을 받았다. 자신의 일을 책임감 있게 그리고 행복한 마음으로 하는 모습은 다른 이에게 큰 감동을 주는 것이리라.

또 다른 감동의 주인공은 우리 엄마다. 엄마는 어린 내가 가끔 배가 아프다고 칭얼대면 창고에 가서서 쌀을 퍼오셨다. 그리고 그걸 그릇에 담고 보자기로 꽁꽁 싸서 내 배 위에 올려놓으시고 이렇게 주문을 외우셨다.

"엄마 손은 약손, 엄마 손은 약손, 우리 정미 배 아픈 거다 나아라."

　이렇게 사랑의 주문을 외우시면서 내 배를 살살 문질러 주면 신기하게도 배 아픈 것이 말끔히 사라지는 것이었다. 난 엄마의 조건 없는 무한한 사랑에 감동을 받았다. 여느 의사 못지않은 어머니의 신비한 치료법을 나는 체험하였다. 다른 사람을 위한 조건 없는 무조건적인 헌신이 가득한 사랑은 그 사람을 감동시키기에 충분하다.

　세상에 따뜻한 감동을 전하는 사람이 되는 것은 어렵지 않다. 그대가 있는 그대로의 모습을 사랑하면서 열심히 사는 것이다. 자기 자신에 대한 애착심을 가지고 살아가는 것이 감동적인 사람이 되는 첫 번째 비결이다. 그리고 타인과 세상을 순수한 마음으로 무한히 사랑하면 된다. 그 사랑은 조건 없고 어떤 부정적인 상황에서도 빛이 나는 사랑이다.

　힘들고 어려운 상황에서 포기하지 않고 사랑을 줄 수 있는 사람이 되는 것이 감동의 가장 큰 비결이다. 내가 어렵더라도 나를 사랑하고 환경과 관계가 여의치 않더라도 타인을 사랑할 수 있는 사람이 된다면 세상에 따뜻한 감동을 주는 사람이 될 수 있다.

우주가 빚어낸 작품

1,200도의 고온에 정성껏 구운 도자기를 망치로 깨버리는 도예가를 보면서 '괜찮은 작품 같은데 왜 부수는 거지?'라고 생각해본 적이 있었다. 하지만 자신이 만든 작품이 마음에 들지 않은 도예가는 불량품이라고 생각하기 때문에 전혀 아까워하지 않는 것 같았다. 훌륭한 도자기가 탄생하기 위해서는 그렇게 깐깐한 자기검열을 거쳐야 하는 것이다.

　이 세상은 수많은 작품들이 이루어나가는 세상이 아닐까 싶다. 우리가 흔히 접하는 전기압력밥솥이나 세탁기나 휴대폰이나 자동차, 이 모든 것은 누군가의 머릿속에서 설계된 작품이다. 또한 실제로 물건으로 탄생하기 위해 수많은 공정을 거친 사회적인 작품이기도 하다. 거시적으로 보아서 우주의 작품들은 지구상에 존재하는 70억 명의 인간보다도 더 많다고 볼 수 있다. 따지고 보면 길가에 굴러다니는 돌멩이 하나도 세월이 빚은 작품이다. 어떤 돌은 실제로 진귀한 수석이라는 이름으로 수십억 원에 거래되기도 한다.

그렇다면 사람도 하나의 작품이라고 할 수 있다. 대충 사는 사람은 대충의 작품이고 알차게 사는 사람은 알찬 작품이다. 뭔가 모자라 보이는 사람은 모자란 작품이고 노력하지 않고 게으른 사람은 말 그대로 게으른 작품이다. 누군가 그대에게 "어떤 작품이 되고 싶어요?"라고 묻는다면 어떻게 대답하고 싶은가.

"그냥 적당한 사람이 되어서 적당한 작품이 되고 싶습니다!"

이렇게 대답하는 사람은 거의 없을 것이다. 정상적인 사고를 하는 사람이라면 "좋은 작품이 되고 싶습니다." "훌륭한 작품이 되고 싶어요."라고 대답하는 게 상식이다.

그렇다면 훌륭한 작품이라고 불릴만한 사람은 어떤 인생을 사는 사람을 말하는 걸까. 일단 쉽게 생각해보자. 인간으로서의 훌륭한 작품을 알아보기 전에 훌륭한 물건을 살펴보면 이해가 쉬워진다. 사람들이 일반적으로 생각하는 훌륭한 물건이란 것은 쓰는 사람이 편하고 고장이 잘 나지 않는 것이다. 칼을 샀는데 칼날이 무뎌서 야채를 자르는 것도 어렵다면 그 칼을 훌륭한 칼이라고 말할 수는 없지 않겠는가. 칼은 칼다워야 한다. 칼의 생명은 무언가를 잘 자르는 것이다. 그걸 잘 해내지 못하는 칼은 칼로서의 존재의 의미를 잃어버린 것이다.

사람도 마찬가지라고 보면 좋다. 사람이라면 사람다워야 한다. 사람으로서의 갖추어야 할 덕목을 갖추어야 훌륭한 사람이라고 할 수 있을 것이다. 그 덕목이란 이런 것들이다. 겸손, 정직함, 성실함, 타인에 대한 배려, 이 세계에 대한 감사함, 감정에 휘둘리지 않는 침착함, 생명을 존중하는 자세 등이다. 이러한 기본적인 덕목을 갖추어야 사람다워지는 길에 입장할 수 있다. 그리고 더 나아가 훌륭한 사람이 되려면 한 가지를 더 지녀야 한다. 인간으로서 훌륭한 작품이 되려면 강력한 의지가 수반되어야 한다. 즉, 자신이 지구상에서 멋지고 훌륭한 작품이 되겠다는 강인한 의지를 가지고 살아가야 한다는 것이다.

나는 우주의 훌륭한 작품이 되기 위해 존재한다. 이러한 생각은 내가 나로서 가진 강력한 의지에서 출발한다. 내가 한낱 무의미한 존재로서 생을 마감하지 않기 위해서는 나는 반드시 훌륭한 작품이 되어야만 한다. 이것은 명백한 나의 지향점이다. 허무한 삶이란 자신이 훌륭한 작품이 되겠다는 마음가짐을 지니지 않은 채 살아갈 때 만나는 종착점이다.

　만약 나 자신이 반드시 훌륭한 작품이 되고야 말겠다는 강인한 의지를 지니고 살아간다면 어떻게 그걸 이루지 못하겠는가. 나의 의지를 꺾을 것은 우주에 없다. 만약 그것이 있다면 그건 나의 내면에서 비롯된 것일 가능성이 높다. 머뭇거림, 자신에 대한 불확신 등이 그것이다. 하지만 나는 머뭇거리지 않을 것이고 나를 확신할 것이다. 결국 나는 내가 지닌 훌륭한 작품이 되겠다는 강인한 의지를 포기하지 않을 것이다.

　살면서 새로운 것을 보게 되는 경우가 있다. 나는 며칠 전 새로운 광경을 목격했다. 그건 축대를 돌로 쌓는 것이다. 친구네 집을 짓기 전에 축대를 돌로 쌓아야만 해서 굴삭기 기사님이 오셔서 축대를 돌로 쌓는 것을 친구와 온종일 지켜보게 되었다.

　친구가 산 땅에 처음 갔을 때 그곳은 참 볼품없었다. 산비탈 바로 아래 위치한 오래 묵은 밭이었는데 곧 땅이 허물어질 것처럼 보였기 때문이었다. 그런데 축대를 쌓고 나니 어느새 늠름해진 땅의 모습은 마치 다른 땅처럼 보였다.

　굴삭기 기사님은 대형 트럭이 실어다 준 돌들을 하나하

나 공들여서 쌓아나갔다. 그건 어린 시절 즐겨하던 테트리스 게임을 하는 것과 유사했다. 정말 하나의 작품을 완성하는 장인의 모습이었다. 우리가 흔히 별 의미 없이 보던 축대들이 그렇게 어느 굴삭기 기사님이 완성해나간 작품이었던 것이다. 나는 그날, 이 세상의 모든 것들이 하나의 아름다운 작품이란 걸 깨달았다.

"정말 돌을 예쁘게 잘 쌓으셨어요!"

내가 그렇게 마음 깊은 곳에서 우러나오는 칭찬의 말을 하자 기사님은 수줍게 웃었다. 오후의 햇살 아래서 그의 얼굴은 비록 새카맣게 그을려 있었지만 매우 행복해 보였다. 사람은 이렇듯 자신이 하나의 훌륭한 작품을 완성했을 때 비로소 삶의 진정한 행복감을 맛볼 수 있는 것이다.

그대는 우주의 훌륭한 작품이 되기 위해 오늘 무엇을 하고 싶은가. 하나하나 심혈을 기울여 돌을 쌓는 굴삭기 기사님처럼 자신의 개성과 재능으로 빛나는 작품을 만들어나가길 바란다. 그 노력은 결코 헛되지 않을 것이다.

때로는 무던하게

중국에서 10년 만에 최악의 황사가 발생해서 우리나라에 몰려왔다. 앞이 보이지 않을 만큼 오염된 공기가 마치 지구 종말의 날처럼 시야를 가로막았다. 인생살이가 이렇듯 언제 어떤 일이 벌어져서 앞이 캄캄해질지 모르는 것 아닌가. 언제 어디서 최악의 황사 같은 인생의 고비가 찾아올지 모른다. 그런 인생의 고비를 가만히 생각해 보면 그건 내 감정의 상태라고도 할 수 있다. 내가 기쁜 감정에 있다면 인생의 고비도 더 이상 고비가 아닐 것이다.

하지만 안타깝게도 인간의 감정은 늘 요동친다. 늘 기쁨의 감정만 있으면 좋겠지만 그건 거의 불가능하다. 우리의 감정을 힘들게 하는 건 어떤 일에 대해 스스로가 만들어낸 반응이다.

다른 사람이 스치듯 하는 이야기에 파르르 화가 날 때가 있을 것이다. 예를 들어서 이런 말을 들었다고 하자.

"오늘 옷차림이 조금 그렇다. 다른 날에는 세련되게 잘 입더니, 오늘 입은 옷은 시골 사람처럼 촌스럽네."

이런 말을 들은 후 화가 난다면 그건 스스로의 감정을 조절하지 못한 탓이다. 사소한 말 한마디에 자신의 소중한 감정을 부정적인 것으로 만드는 실수를 범하는 중인 것이다. 어떤 반응을 보이느냐는 다른 사람이 내게 뱉은 말 한마디에서 결정되는 것이 아니라 나 자신의 선택에 의해서다. 내가 화를 낼 것인가, 그냥 웃으면서 넘길 것인가는 내가 선택할 수 있는 사항이다.

다른 사람에게 옷차림을 부정적으로 평가하는 말을 한 사람은 본인이 한 말이 얼마나 어이없는 말인지 모르는 사람이다. 그는 매우 무례한 사람이다. 예의를 상실한 사람이며 사람을 존중하는 마음이 없는 사람이기도 하다. 누구도 타인에게 이러쿵저러쿵 부정적 평가의 잣대를 들이댈 자격은 없다. 그러니까 만일 그대가 상대방으로부터 그런 말도 안 되는 평가를 들었다고 하면 기분 나빠할 것이 아니라 그냥 흘려들으면 될 일이다. 그런 말에 분노의 감정을 품고 화를 내는 건 에너지 낭비다.

사소한 일에 일일이 대응하다 보면 하루가 온통 분노와 실망으로 가득 차게 된다. 이웃집에서 시끄럽게 떠든다고 이웃집에 찾아가서 항의하는 사람도 자신이 사소한 일에 연연하고 있다는 사실을 인지하지 못한 상태다. 사람이 사는 집이라면 어느 정도의 소음은 발생하기 마련이다.

죽은 자만이 소리를 내지 않을 것이다. 그러니까 만약 이웃집에서 탱크 지나가는 소리나 폭발물이 터지는 정도의 소리를 내는 것이 아니라면 그 소음조차 반갑게 받아들이면 된다. 어쩌면 저 이웃 사람들이 잘 살고 있어서 나의 안전이 더 보장되는 것인지도 모른다. 깊은 산속에 홀로 사는 사람에게는 이웃이 없다. 이웃이 없어서 소음 걱정은 없을지 모르지만 적막하고 무섭기도 한 것이 사실이다. 오늘 옆집에서 떠드는 소리를 내는 내 이웃을 긍정적으로 바라보면 지금까지는 듣기 싫은 소음이었던 그 소리들이 정겹게 들리게 될 것이다. 무엇이든 내가 받아들이기 나름이다.

작고 사소한 일들로 전쟁이 나는 경우도 있다. 서로가 서로를 오해해서 빚어진 이 웃지 못할 참극은 인간의 불완전함을 여실히 보여준다. 역사상 수많은 전쟁들이 작고 사소한 일이 점점 부풀어 올라서 수많은 인명이 살상되는 엄청난 전쟁으로 비화되었다. 외교적으로 한 말실수 하나가 점점 두 나라 간의 감정싸움이 되고 실제로 엄청난 군사력을 동원한 전쟁이 되기도 한다.

그리스 신화에 나오는 트로이 전쟁도 결혼식장에 초대받지 못한 불화의 여신 에리스가 화가 나서 황금사과 하나를 놔두고 간 데에서 시작되었다. 한 알의 사과가 비극적 전쟁을 일으키게 된 동기가 된 것이다. 아주 작고 사소한 일이 엄청난 불행의 원인이 될 수 있음을 기억해야 한다.

다른 사람이 하는 사소한 말이나 행동에 지나치게 의미를 부여하는 건 아닌지 스스로를 돌아보라. 남편이 하는 말 한마디, 아내가 하는 말 한마디, 직장 동료가 하는 말 한마디, 친구가 하는 말 한마디에 너무 예민하게 반응하고 있는 건 아닌가. 매일 이렇게 스스로를 돌아보는 건 매우 가치 있는 일이다.

나는 사소한 일에 연연하지 않는 존재다. 나는 다른 이의 사소한 언행에 내 인생의 소중한 감정을 허비하지 않을 것이다. 인간관계는 무수한 사소한 것들의 교류라고 할 수 있다. 사소한 말, 사소한 몸짓, 사소한 소문 등. 이런 사소한 것들에 연연하지 말라. 그러한 것들에 연연할 시간에 차라리 나 자신에게 투자하는 것이 좋다. 너무 예민한 감정의 안테나는 삶을 고단하게 만든다. 때로는 무던하게 웃어넘기는 지혜가 필요하다. 밝고 행복한 인생은 사소한 일들을 사소하게 흘려보내는 지혜를 지닌 사람에게 찾아오는 것이다.

3장

나를 찾아 떠나는 길

당당하게 걷기 ...

너무 겸손한 사람이 있다.

"제가 아는 게 별로 없어서요."

"제 얼굴이 그다지 예쁘지 않아서요."

"제가 가진 게 없어서요."

이러면서 항상 자신을 최대한 낮춘다. 그런데 이렇게 말한 사람은 겸손하다는 것을 오해하고 있는 중이다. 겸손은 지나치면 겸손이 아니다. 그건 자기비하다. 그런 사람은 자신을 위축시키는 말을 하고 있는 것이다. 나 자신을 응원해줄 사람은 누구인가. 바로 나다. 그런데 내가 나 자신을 위축시키는 말을 한다면 그건 자신에 대한 일종의 학대라고 할 수밖에 없다.

두 사람이 산책을 한다. 한 사람은 허리를 곧게 펴고 어깨도 활짝 펴고 두 팔을 힘차게 저으면서 당당하게 걸어간다. 그런데 한 사람은 뭔가 몸이 안 좋은지 허리는 구부정하고 어깨는 거북이처럼 움츠리고 힘없이 걸어간다. 두 사람 중 어떤 사람이 행복한 삶을 살아갈 것이라고 생각하는가. 당연히 당당한 걸음걸이로 활기차게 걸어가는 사람이다. 그건 자세와 행복의 밀접한 연관성에서 알 수 있다.

행복한 사람은 마음으로부터 행복한 에너지가 나오는데 마음의 행복은 곧 몸의 행복함으로 표현된다. 행복한 사람의 얼굴은 웃음이 번지고 몸은 움츠러들지 않고 오월의 장미꽃처럼 활짝 펴있다. 행복한 사람인지 아닌지 우리는 그 사람의 자세만으로도 짐작할 수 있는 것이다.

어떤 사람이 공원의 벤치에 앉아있다. 얼굴은 잔뜩 찌푸린 채로 구부정하게 앉아서 다리를 떨고 있다. 그 사람이 행복해 보인다고 말할 사람이 있을까?

그러므로 우리는 평소에 어떤 자세를 내가 자주 취하는지 신경을 써야 한다. 움츠리고 우울한 표정을 짓는 게 습관이 되었다면 그 습관을 고쳐야 한다. 무엇인가 고착된 습관을 고친다는 건 정말 하기 싫은 일일 것이다. 하지만 그 잘못된 습관으로 인해서 나의 삶이 불행해진다면 꼭 고치겠다는 마음이 생기게 된다. 반드시 당당하지 못한 걸음걸이는 고쳐야 한다. 그리고 당당하지 못한 마음가짐도 고쳐야 한다.

주눅 들지 말고 자신에 대한 경외심을 가지길 바란다. 그대는 그대만의 아름다움이 있는 사람이다. 무엇이 부족하다고 지나치게 자신을 낮추는 일은 이제 그만해도 된다. 부족한 것도 일종의 아름다움이다. 물이 가득 찬 물잔엔 더 이상 물을 못 붓지만 물이 약간 부족한 물잔엔 새롭고 더 좋은 물을 부을 수 있지 않은가. 오히려 자신의 부족함이 미래의 새로운 기회를 위한 터닝 포인트가 될 수 있음을 감사해야 한다.

　　부족함을 깨닫는 건 물론 필요하다. 하지만 그걸 자신에 대한 비하로 연결시키는 건 어리석은 행동이다. 부족하지만 더 나은 내가 되기 위해 노력하겠다는 마음이 올바른 사람의 태도다. 부족하고 모자란 것은 단점이 아니다. 그러므로 다른 사람들과 자신을 비교해서 위축될 필요가 없다.

　　친구가 의사인데 자신은 평범한 직장인이라고 위축된 사람이 있다. 같은 학교를 나온 친구는 지금 대학병원에서 내과 의사로 잘나가고 있는데 자신은 조그만 중소기업에 평직원으로 살고 있다. 그래서 그는 늘 자신을 친구와 비교하면서 우울해한다. 그는 당당할 수가 없다. 왜냐하면 자신을 친구보다 아래에 있는 존재로 평가절하하고 있기 때문이다.

친구가 의사가 된 건 친구의 노력에 의해 성취된 좋은 결과물이니 박수를 칠 일이다. 하지만 그걸 자신의 지위와 비교하면서 우울해질 필요는 없다. 자신이 평직원인 것과 친구가 의사인 것이 도대체 무슨 연관성이 있단 말인가. 친구는 친구의 삶을 살고 있고 그는 그의 삶을 살고 있을 뿐이다. 그러므로 그대가 다른 누군가와 자신을 비교하면서 지금 뭔가 위축되어 있었다면 그 생각 자체를 깨끗이 버리길 바란다.

　거리를 걸어라. 허리를 곧게 펴고 어깨를 활짝 꽃잎처럼 펼치고 치아가 하얗게 드러날 만큼 당당하게 웃으면서 걸어라. 오늘 그대는 지상에서 가장 아름다운 사람이다. 누가 감히 그대를 우습게 여기겠는가. 그럴 사람은 아무도 없다. 누구도 그대와 비교 대상이 될 수 없다. 그대는 이 세계 유일한 존재이므로 당당하게 자신 있게 걸어라. 그런 그대가 가장 멋지고 어여쁘다.

제1의 목표

키가 작아서 항상 그걸 콤플렉스로 여기며 사는 친구가 있다. 그 친구는 공부도 잘하고 운동도 잘하고 말솜씨도 좋아서 많은 친구들에게 인기가 많았다. 하지만 자신의 키가 다른 친구에 비해 턱없이 작다는 것에 늘 불만이 있었다.

"난 왜 이렇게 작은 걸까."

이렇게 스스로에 대한 불만을 토로하곤 했다. 그 친구를 수십 년 만에 우연히 만났다. 친구는 아직도 자신의 키가 작은 것을 불만스럽게 생각하고 있었다.

"내가 키가 조금만 더 컸더라면 지금보다 더 잘살고 있었을 건데."

그런데 친구는 모르는 사실이 있었다. 친구가 지금 어렵게 살고 있는 건 키 때문이 아니라는 것이다. 키가 작아서 좋은 직장에 다니지 못한 것이 아니고 자존감이 낮아서 좋은 직장을 얻지 못했다는 걸 모르고 있다. 높은 자존감은 인간에게 꼭 필요한 자세다. 자존감이 무너진 사람은 다시 회복하기 어려운 시련기에 접어들 수밖에 없다. 내게 힘을 주고 내게 용기를 주는 것이 바로 자존감이기 때문이다.

자존감을 가지지 않고 살아간다는 건 인간으로서의 가치를 스스로 버리고 살아가는 것과 같다. 자신에 대한 좋은 점에 집중할수록 자존감은 높아진다. 자신이 지니지 못한 것, 모자란 것에 집중할수록 자존감은 바닥으로 내려앉을 것이다. '얼마나 나 자신을 사랑하는가'가 자존감의 기본이다. 자기 자신에 대한 만족도는 삶의 질을 결정한다.

"난 가난한 집안에 태어나서 이 모양 이 꼴로 살고 있지."

라고 투덜대는 사람은 자기 자신을 사랑하지 않는 사람이다. 물론 그의 삶의 질은 떨어질 수밖에 없다. 자신이 지닌 배경을 비하하는 사람이 행복할 수 있겠는가. 자존감을 가지고 살아가는 건 든든한 재력을 지닌 부모님을 지니고 살아가는 것보다 유익하다. 부자 부모는 언제든 부를 잃을 수 있는 가능성을 지니고 있다. 하지만 자존감을 가지고 살아가는 사람은 평생을 자기 자신을 부자로 만드는 비결을 가지고 살아간다.

어떤 걸 선택하겠는가. 부유한 부모님 밑에서 자존감 없이 부자의 길을 걸을 것인가, 부모라는 그늘에 기대어 살지 않고 나 자신을 믿고 나 자신을 자랑스러워하면서 자존감 있는 삶을 살아갈 것인가.

키가 작으면 그걸 콤플렉스로 여기기 전에 자신이 키가 작다는 걸 오히려 긍정적으로 받아들여야 한다.

"키가 작은 게 귀엽고 매력적인 면이 있어. 난 키가 작은 내가 좋아."

이렇게 자기 자신의 작은 키를 매력 포인트라고 생각한 다면 자존감은 한층 높아질 것이다. 키는 인생의 승패를 결정하는 데 거의 영향을 끼치지 않는다. 인생의 승자와 패자를 결정하는 것은 외모가 아니라 자존감의 차이다. 내가 가진 자존감이 얼마나 높은가에 따라서 삶이 성공하느냐, 실패하느냐를 결정짓는 것임을 명심해야 한다. 그러므로 늘자신의 자존감을 높이는 생각을 해야 한다.

요즘 들어서 부쩍 살이 쪄서 고민이라면 뚱뚱하다고 자신을 비하할 것이 아니라 날씬해질 수 있는 방법을 생각해 보고 생활 습관을 건강하게 바꾸도록 노력해야 한다. 살이 쪄도 살이 빠져서 말라도 나는 세상에서 가장 아름다운 존재라는 생각을 가지는 것이 중요하다. 어떤 모습의 나라도 나를 기꺼이 사랑할 수 있을 때 자존감이 생기는 것이다.

병들고 아프면 사람의 외모는 한층 초라해진다. 병동에 가보면 많은 환자들이 수척한 모습으로 환자복을 입고 누워있다. 그들 중 많은 사람들이 자존감을 잃고 삶에 대한 희망도 잃어가고 있다.

"몸이 아프니까 얼굴도 더 늙고 아무것도 하기 싫고 그러네요. 휴, 사는 게 뭔지. 이렇게 살아서 뭐 하나 싶어요."

이렇게 말하는 환자의 얼굴은 본인의 나이보다 십 년은 더 늙어 보인다. 그렇지만 이렇게 말하는 환자도 있다.

"비록 이렇게 병원에 입원해 있지만 저는 하루하루가 즐거워요. 왜냐하면 하루하루 더 건강해지고 있거든요. 병원에 있으니 사람들도 많이 만나고 집에 혼자 있을 때보다 더 재밌는걸요. 병에 걸린 게 저에겐 인생을 되돌아볼 좋은 기회가 된 것 같아요."

자신의 투병을 오히려 긍정적으로 여기는 이 사람은 자존감을 지닌 사람이다. 그에게서는 밝음과 빛의 에너지가 느껴진다. 사람들에게 희망을 주는 말을 하고 행동도 다른 사람을 기분 좋게 만들어준다. 자존감이 병도 치유하는 것을 우리는 알 수 있다. 아프면 아플수록 우리는 자존감을 더 많이 지녀야 한다. 더 높은 자존감, 더 많은 자존감에 대한 욕심은 많을수록 좋다.

교육을 많이 못 받아서 자존감이 바닥인 사람이 있다. 난 지방대를 나와서, 난 고등학교밖에 나오지 못해서, 난 유학을 다녀오지 못해서 등. 이렇게 자신이 많이 못 배웠다면서 움츠러들어 있는 생각을 하고 사는 사람은 그런 잘못된 생각을 가능한 빨리 버려야 한다. 학력은 성공과 행복의 척도가 아니다. 다시 말하지만 행복한 인생, 성공한 인생의 비결 중 하나는 바로 내가 나를 얼마나 사랑하고 자랑스러워하는가이다.

누구나 단점은 있다. 키가 작을 수도 있고 키가 너무 클 수도 있고 뚱뚱할 수도 있고 너무 말랐을 수도 있고 공부를 못할 수도 있고 말을 잘 못할 수도 있고 집안 환경이 불우할 수도 있다. 하지만 그것은 다른 사람들이 단점이라고 말하는 것일 뿐 사실 단점이 아니다. 그런 단점 아닌 단점에 사로잡혀서 인생을 망치는 일은 없어야 한다.

그대가 지금 자신에 대해 약간의 불만을 지니고 있다면 그건 자존감을 낮추는 행동이다. 그 약간의 불만은 아무 데도 쓸모없는 생각이다. 그대의 단점은 장점이다. 자신이 지닌 부족한 면을 장점으로 승화시킬 수 있는 능력이 그대 안에 있음을 기억하라.

자존감을 지켜라. 자존감을 가지고 살아가는 걸 제1의

목표로 하길 바란다. 모든 사람들이 비난의 화살을 그대에게 쏟아부어도 자존감은 그대를 지켜줄 것이다. 떳떳하게 당당하게 자신감 있게 살기 바란다.

나만의 천재성 ...

어떤 분야에서 최고의 경지에 이른 사람을 보자. 그 사람은 태어날 때부터 천재일까. 아니면 보통의 사람이 노력을 한 것일까. 천재, 라고 하면 어떤 거리감이 느껴진다. 천재라는 부류의 사람들은 태어날 때부터 우월한 유전자를 타고난 사람이라고 생각된다. 그래서 천재를 볼 때면 자신과는 거리가 먼 다른 세계의 사람이라는 느낌을 받는다. 하지만 천재는 특별한 사람이 아니다. 어느 분야에서 최고의 경지에 이른 사람은 천재가 아니라, 보통의 사람이 자신만의 천재성을 찾아낸 것이라고 할 수 있다.

그렇기 때문에 인간은 누구나 천재가 될 수 있는 가능성을 지닌 셈이다. 내면의 이야기를 들어보면 자신이 어떤 천재성을 지닌 사람인지 알 수 있다.

"난 글을 쓰고 싶어."라는 내면의 목소리가 들린다면 그 사람은 글을 잘 쓰는 천재성을 지닌 사람이다.

"난 빵을 굽고 싶어."라는 내면의 목소리가 들린다면 그 사람은 맛있는 빵을 만드는 제빵의 천재일 가능성이 높다.

"난 회사를 운영하고 싶어."라는 내면의 목소리가 들린다면 그 사람은 훌륭한 경영자가 될 천재성을 지닌 사람이다.

자신의 내면에서 어떤 간절한 목소리가 들리지 않는가. 항상 그것을 간절히 바랐다면 그 영역이 바로 그대의 천재성을 표출해낼 수 있는 영역이다. 천재의 반대말로 바보라는 말을 한다. 바보는 정말 아무것도 모르는 미련한 사람을 뜻하는 호칭이다. 그러나 바보 역시도 천재적인 능력을 지닌 사람이다. 위에서 말했듯이 모든 인간은 천재가 될 가능성을 지니고 있기 때문이다.

스무 살이 되도록 한 번도 1등을 해본 적이 없다면서 자괴감에 사로잡힌 친구가 있다.

"난 이 나이가 되도록 한 번도 1등이란 걸 해본 적이 없어. 난 왜 이렇게 무능한 걸까."

그렇게 자신을 무능한 존재로 낙인찍는 동안 그는 자신의 말대로 점점 더 무능해지고 있다. 그 친구에게 말해줄 것은 당신은 한 번도 무능한 적이 없다, 라는 말이다. 자신을 무능하고 보통 이하라고 생각한다는 건 자신의 천재성에 대한 모독이다. 자기 자신이 엄청난 잠재력을 지닌 천재라는 걸 모르기 때문에 생긴 오해의 산물이다. 좋은 결과를 얻기 위해서는 그에 상응하는 노력을 해야만 한다.

감이 주렁주렁 탐스럽게 달린 커다란 감나무 아래에 누워서 며칠째 입을 벌리고 있는 사람이 있다.

"왜 그렇게 누워 계세요?"

지나가는 행인이 물었다. 그러자 그 사람이 아주 귀찮다는 듯 대답했다.

"보면 몰라요? 감이 내 입속으로 떨어지길 기다리는 중이잖소."

그 모습을 본 행인이 안타까운 표정을 지으면서 이렇게 말했다.

"그렇게 누워서 감 떨어지길 기다리는 것보다는 차라리 감을 직접 손으로 따는 게 더 현명한 방법 아닐까요? 곧 비도 올 것 같은데 그렇게 해보시죠."

"아니, 왜 이렇게 귀찮게 해요. 난 이게 더 편하다고요. 뭐 하러 힘들여서 내 손으로 직접 감을 땁니까? 언젠가는 저 감이 떨어질 텐데. 난 힘들게 일하기 싫다고요."

이 사람은 감을 먹을 자격이 있을까? 혹시라도 우연히 감이 떨어져서 그의 입속으로 들어온다고 해도 그가 먹은 감의 맛은 결코 달콤할 수 없을 것이다. 왜냐하면 너무 오래 누워있어서 그의 몸은 매우 피곤해졌을 것이고 감 맛을 느낄 기운도 없을 것이기 때문이다.

반대로 그가 직접 일어나서 부지런히 손을 놀려 감을 딴다면 그는 달콤하고 싱싱한 감을 마음껏 먹을 수 있을 것이다. 그렇게 얻은 감의 맛은 세상에서 가장 맛있는 감이라고 말할 수 있다.

천재라는 타이틀은 노력 없이 얻을 수 없는 감과 같다. 노력한 자만이 천재성을 획득할 수 있음이 우주의 진리다. 나만의 천재성을 찾아가는 것은 나의 인생을 헛되지 않게 만드는 최선의 선택이다. 내가 가장 잘하는 것을 가장 멋지게 해내서 전 인류에게 유익한 혜택을 주는 것이 천재가 해내야 하는 과제다. 이 세상 모든 사람들은 자신만의 천재성을 가지고 있다. 그 천재성을 어떤 이는 영원히 발굴해내지 못한 채 숨을 거두고 말지만 어떤 이는 피땀 흘리는 노력을 하여서 자신의 것으로 만들어낸다.

수많은 천재들이 이 세계를 발전시키고 있다. 최고의 천재성을 획득한 과학자, 의사, 법조인, 농부, 기업인, 정치인, 가정주부, 교사 등. 각자의 영역에서 자신의 천재성을 획득한 사람들에 의해서 지구는 건강하고 멋지게 운영되고 있

는 중이다.

그대는 천재다. 자신의 천재성을 믿고 그걸 구하는 노력을 하라. 노력하는 시간은 비록 힘들고 어렵겠지만 그 열매는 값지고 보람찰 것이다. 내가 노력한다는 걸 다른 사람이 몰라준다고 서운하다고 생각할 것은 없다. 나의 천재성을 찾는 일은 나만이 아는 아름다운 비밀이어야 한다. 그걸 굳이 동네방네 소문낼 필요는 없다. 자신만의 천재성을 찾아가는 신나는 모험은 자주 할수록 좋다.

하고 싶은 일이 있다면 ・・・

집을 짓는데 두 사람의 인부 중 한 명의 표정이 영 좋지 않다. 마치 도살장에 끌려온 소처럼 죽을 표정을 하고 일을 하고 있는 그 남자는 도대체 왜 그러는 것일까. 사실 그가 진정으로 하고 싶은 일은 따로 있었다. 그는 운전을 하는 걸 좋아한다. 그런데 운전을 해서는 빚을 갚으면서 생활해 나가는 게 어려웠다. 그래서 어쩔 수 없이 정말 하기 싫지만 건축 일을 하고 있는 중이다.

"어이 김 씨, 어디 아파?"

같이 일하는 박 씨가 김 씨의 표정이 신경 쓰이는지 물었다. 그렇지만 김 씨는 여전히 우울한 표정만 짓는다. 그가 짓는 집은 과연 괜찮을까. 사람이 하고 싶지 않은 일을 하게 되면 어떻게 될까. 억지로 어떤 일을 하면 능률적이지 못하게 된다. 게다가 하기 싫은 일이므로 정성을 쏟지도 않게 된다. 그렇게 해서 일의 결과물을 얻는다고 하면 그 결괴물은 좋은 것이 될 수가 없을 것이다.

김 씨와 반대로 자신이 하고 싶어서 일을 하는 박 씨는 집 짓는 일을 할 때가 가장 즐겁다. 그렇기 때문에 늘 표정이 밝다. 그의 온몸에서는 밝은 에너지가 발산되어서 보는 사람도 기분이 좋아지게 된다.

박 씨는 일을 열심히 하고 집을 짓는 과정에 공들인다. 그의 그런 태도는 집 짓는 일을 자신이 직접 하게 만들었다. 직접 땅을 사고 건축을 하고 판매까지 한다. 그렇게 지은 집이 벌써 일곱 채나 된다. 박 씨의 건축 기술은 날로 향상되고 있다. 그런데 김 씨는 자신이 하기 싫은 건축 일을 일당제로 하고 있다. 김 씨는 계속 이 일을 해야 할까?

누가 생각하더라도 김 씨는 당장 그 일을 그만두고 자신이 그토록 하고 싶어 하는 운전을 해야 한다. 당장은 수익이 미미하더라도 운전을 해야만 그는 성공할 수 있는 가능성이 커진다. 왜냐하면 김 씨가 바라는 운전을 하게 된다면 그의 내면에서 웅크리고 있던 일에 대한 열정이 폭발적으로 나타나게 될 것이기 때문이다. 그리고 운전하는 일에 보람을 느끼고 자신이 주도적으로 그 일을 해나갈 것이므로 더 성장할 수 있다.

사람은 자신이 하고 싶은 일을 해야만 태어난 보람을 느낄 수 있다. 하기 싫은 일을 억지로 할 때 그 순간이야말로 인간에겐 가장 큰 치욕의 순간이라고 할 수 있다. 생각해보라. 누군가가 그대에게 정말 하기 싫은 일, 예를 들어서 악어 발톱을 깎으라고 명령했다면 어떻게 하겠는가. 당연히 못 하겠습니다, 라고 거절할 것이다. 그런데 그렇게 거절하지 못하고 상황에 휩쓸려서 그 일을 한 번도 아니고 매일매일 하면서 사는 이들이 있다.

하루 정도, 하기 싫지만 그 일을 할 수밖에 없을 때도 있다. 몇 달 정도, 경제적인 형편 때문에 하기 싫은 일을 해야만 할 때도 있다. 하지만 궁극적으로 사람은 자신이 하고 싶은 일을 해야만 한다. 하기 싫은 일을 하는 것은 하고 싶은 일을 하면서 살기 위해 가는 징검다리 역할이 되어야만 한다. 평생토록 하기 싫은 일을 억지로 하면서 산다면 얼마나 그 인생이 서글프겠는가.

언젠가 식당에 밥을 먹으러 친구와 간 적이 있었다. 그런데 종업원이 잔뜩 심술이 난 얼굴이었다.

"여기 김치가 떨어졌는데 김치 좀 더 주실래요?"

이렇게 친구가 말했는데도 종업원은 뚱한 표정으로 들은 체 만 체하더니 우리가 밥을 다 먹어갈 즈음 김치를 가져다 식탁 위에 던지듯이 내려놓고 가버렸다. 그건 마치 이렇게 우리에게 말하는 것 같았다.

'귀찮지만 김치 줄게. 먹어.'

우린 언짢은 기분이 들었다.

'도대체 저 종업원은 이 식당에 왜 출근해서 일하고 있는 걸까?'

이런 생각이 절로 들었다. 이번에는 지인이 들려준 이야기다. 지인은 친구들과 함께 지방의 어느 중화요릿집을 간 적이 있었다. 그런데 그 식당에 들어가서 단 한마디도 주인으로부터 듣지 못했다. 손님이 왔는데 어서 오세요, 란 인사도 없었고 무엇을 먹을 것인지 묻지도 않았다. 답답한 지인이 잡채밥 세 개 주세요, 라고 말하니까 사장이 요리를 만들어서 아무 말 없이 완성된 잡채밥을 그들 앞에 놓아주었다.

계산할 때도 사장은 말이 없었다. 지인 일행이 스스로 계산해서 돈을 내밀자 말없이 받아들었다. 그리고 그들이 가게를 나올 때 잘 가라는 인사도 듣지 못했다. 지인이 말했다.

"내 생애 밥 먹으러 식당에 가서 그렇게 한마디 말도 듣지 못하고 나온 것도 처음이었어."

도대체 그 중화요릿집 사장은 왜 가게를 하고 있는 걸까.

그는 자신이 하는 가게에 나온 것 자체가 매우 불만인 사람이 틀림없다. 그가 온몸으로 '나는 이 일이 싫소!'라고 말하고 있었다는 걸 본능적으로 느낄 수 있다.

그렇게 자신이 하기 싫은 일을 하는 사람은 다른 사람에게 불편함과 불쾌함을 안겨준다. 그리고 무엇보다도 자기 자신을 힘들게 만든다. 괴로운 일을 억지로 하고 살아가야 한다면 얼마나 삶이 힘들겠는가. 하기 싫은 일에 시간을 할애하는 건 어리석은 일이다. 하고 싶은 일에 전적으로 매진해도 시간은 모자라다. 그러므로 자신이 지금 하는 일이 싫다면 과감하게 그만두길 바란다.

다른 사람이 내가 이 일을 그만둔다고 하면 뭐라고 할까? 그런 염려는 버려도 좋다. 오직 그대 자신이 하고 싶은 일이 무엇인지 질문하라. 오늘이란 시간은 황금보다 더 귀한 시간이다. 한번 흘러가면 다시는 오늘 이 시간이 되돌아올 수는 없다. 소중한 인생의 시간을 하고 싶은 일에 몰두하면서 살아야 후회가 없을 것이다.

오늘이라는 선물   ...

어제라는 시간이 가면 다시는 어제라는 시간을 만날 수 없다. 한 달 전 시간을 똑같이 되돌릴 수 있는가. 절대로 그럴 수 없음을 우리는 잘 알고 있다. 시간은 한번 흘러가면 돌이킬 수 없어서 아쉽다. 다시 어린 시절로 돌아가고 싶지만 결단코 그런 일은 이루어질 수 없다. 다시 몇 년 전 그 날로 돌아가고 싶지만 그 일이 벌어질 확률은 제로다.

이렇게 한번 지나가면 되돌릴 수 없는 시간, 그런 보석보다 더 귀한 시간을 헛되이 흘려보내는 경우가 있다. 돌이켜보면 정말 쓸데없는 일에 시간을 빼앗겼다고 후회해본 적이 있을 것이다. 그런 일들은 종종 있다.

한 번 자신이 잘못한 것을 깨닫고 다시는 그런 잘못을 반복하지 않을 사람은 없다. 한 번 잘못해도 다음번에 같은 잘못을 반복하는 게 사람이다. 하지만 시간을 헛되이 흘려보내고 그걸 매번 반복한다면 어떻게 될까. 그 사람의 인생은 어떤 값진 열매도 맺지 못하고 끝날 것이다.

　오늘 하루라는 시간이 나에게 찾아왔다. 오늘 나는 어떻게 살아가야 할까. 그런 생각을 하는 것은 나를 위한 선물이다. 내게 선물을 준다면 나는 시간을 가치 있게 쓰는 설계도를 줄 것이다. 그런 시간에 관한 계획은 나를 내적으로나 외적으로나 성숙하게 만들어준다. 일분일초가 아깝다는 생각을 하면 시간을 함부로 허비할 수가 없다. 내게 주어진 시간이 바로 나의 생명이다. 살아있음이란 그 사람에게 시간이 주어진 것이라는 다른 말이 아닐까.

　하루 종일 아무것도 할 생각도 하지 않고 죽은 사람처럼 가만히 있는 사람은 없다. 사람들은 각자 무언가를 한다. 그런데 그 일이란 것이 천차만별이다. 어떤 이는 가치 있고 의미 있는 일을 하지만 어떤 이는 자신을 파괴하고 인생을 망치는 일을 하고 있다. 그건 시간을 제대로 계획하지 못해서 벌어진 일이다. 자신의 시간을 어떻게 쓸 것인가를 궁리한 사람이라면 자신에게 해가 되고 인생을 실패로 이끄는 일을 하지 않을 것이기 때문이다.

　시간을 어떻게 의미 있게 쓸 것인가를 고민하라. 시간을 목숨보다 소중히 여겨라. 시간은 그대의 생명이다. 시간이 멈춘다면 그건 인간이 죽음에 다다랐을 때뿐이다. 죽은 자에게는 더 이상 시간은 없다. 살아있는 자에게만 주어진 신의 선물이 시간이다. 그러므로 오늘 하루라는 시간을 자신의 생명이라고 생각하면 된다.

친구 한 명이 다른 친구에게 찾아왔다. 그 친구는 도박을 즐기는 친구다. 오늘도 도박을 하러 가자고 친구에게 찾아온 것이다.

"얼른 가자. 친구들이 너 기다려."

그렇지만 친구는 거절을 한다.

"난 이제부터 도박을 안 할 거야. 취직했거든. 직장에 열심히 다니고 돈을 모아서 조그만 가게라도 차리려고."

그러자 친구를 도박장에 데리고 가려고 온 친구가 화를 버럭 낸다.

"뭐야. 같이 놀면 끝까지 같이 가야지. 누군 시간이 남아돌아 너 데리러 온 줄 아냐?"

도박을 하러 가자고 찾아온 친구도 나름대로 시간이 아깝긴 아까운 모양이다. 그가 시간이 아까운 건 도박을 할 시간이 모자라서이다. 그건 진정으로 시간을 소중히 여기는 것이 아니다. 진정으로 시간을 소중히 여기는 사람은 올바르고 사회에 선한 영향력을 끼치는 일을 하는 데 시간이 모자란다고 생각한다. 그래서 조금이라도 더 그러한 일을 하려고 헛된 일에 시간을 투자하지 않는다.

바다에서 해녀는 시간을 아끼지 않고 일을 한다. 바다의 너른 품에 안겨서 전복을 따고 해삼을 줍는다. 해녀에게 시간은 곧 자식에 대한 사랑이다. 열심히 일을 하는 시간이 그래서 행복하다. 깊은 물 속에 들어가서 목숨이 위태로울 수도 있지만 해녀는 그런 것을 두려워하지는 않는다. 바다에서 일을 하는 시간이 그녀들에게는 삶의 가장 보람찬 시간이기 때문이다. 몸이 쑤시고 아파도 물질하는 건 그래서 해녀에게는 고마운 시간인 것이다.

밭에서 일하는 농부도 시간을 소중히 여긴다. 새벽부터 일어나서 밭으로 나가서 농작물을 돌보는 일이 가장 즐거운 시간이다. 뜨거운 뙤약볕에서 고추를 따고 태풍이 몰아치는 악천후에 논에 물을 보러 가는 것도 행복한 시간이다. 바다에서 일을 해도 땅에서 일을 해도 시간을 소중히 여기는 사람은 성공한 인생을 살 수 있다.

무슨 일을 해도 시간을 소중하게 여기고 가치 있게 사용하는 사람에겐 성공과 행복, 그리고 자기만족이 찾아온다. 그렇지만 그 반대로 시간을 하찮게 여기고 올바르지 못한 일을 하거나 무의미하게 낭비하는 사람에겐 실패와 불행, 그리고 자기비판이 찾아올 것이다.

말 한마디의 품격

···

사람들과 대화를 나누다 보면 어떻게 저런 말을 입에 담을까 하는 생각을 하게 만드는 사람이 있다. 어떨 때는 너무나 사악한 말을 하는 사람이 있어서 내 귀를 막고 싶다는 생각을 하기도 했었다. 불량하고 저속한 단어를 쓰면서도 전혀 부끄러워하지 않고 제발 그 입을 다물어 주었으면 하는 생각이 들게 만드는 사람을 볼 수 있다. 그런 이들의 공통점은 품위가 없다는 것이다. 인간으로서의 품격을 갖추지 못한 사람은 자신의 입에서 나오는 말이 얼마나 저속한 것인지를 생각하지 못한다.

그냥 생각나는 대로 마구 내뱉는 말은 말이라고 할 수가 없다. 인간이라면 깊은 생각의 시간을 거친 후에 말을 해야 한다. 만일 어떤 사람이 함부로 말을 하고 있다면 그 사람을 인간이라고 지칭해서는 곤란하다. 신이 신의 형상대로 빚은 인간은 신의 자녀답게 품격을 지녀야 한다.

산속에 사는 오소리를 보고서 품위 있는 언어를 구사하라고 말할 사람은 없다. 야생 멧돼지에게 바르고 고운 말을 쓰라고 부탁하는 사람도 없을 것이다. 하지만 인간에게는 아름답고 품격 있는 말과 행동을 하길 기대한다. 그것은 그가 인간이기 때문이다. 인간에 대한 기대치가 있는 것이다.

얼굴은 정말 예쁜데 입에서 나오는 말이 온통 욕설에 상대를 비하하는 말이라면 그 여자를 사랑할 남자는 드물 것이다. 외모는 배우처럼 훈남인데 하는 행동이 폭력배처럼 거칠고 말투도 다른 사람을 무시하는 말투라면 그와 데이트를 하고 싶은 여자도 드물 것이다. 인간의 품격은 언어와 행동에 의해서 드러나게 되어있다. 그러므로 품위 있는 사람이 되려면 자신의 언어와 행동을 점검해 봐야 한다.

나는 평상시에 어떤 언어를 사용하고 있는가, 나는 평소에 어떻게 행동하고 있는가, 라는 자문을 하는 시간이 필요하다.

인간으로서의 품위를 지키는 것은 인간답게 사는 첩경이다. 품위는 언어와 행동에 의해서 표출되지만 품위 있는 사람의 원천은 우선적으로 어떤 생각을 하고 있는가에 의해서 결정된다. 생각에 의해서 말이 나오고 행동으로 표현되는 것이기 때문이다.

다른 사람을 귀하게 여기는 생각을 하는 사람이 타인을

향해 폭언을 할 수는 없을 것이다. 다른 이의 생명을 소중히 여기는 생각을 하는 사람이 다른 사람에게 해를 끼치는 행동을 할 일도 없을 것이다. 한 사람이 지닌 생각은 그 사람이 품격을 결정한다고 해도 과언이 아니다.

90세가 훨씬 넘으신 어르신이 30대의 손자뻘 같은 어린 사람에게 공손하게 존댓말을 쓰는 걸 본 적이 있다. 무엇인가를 드렸더니, "고맙습니다. 잘 먹겠습니다." 하고 웃으면서 말씀하시는 어르신의 모습은 다른 어떤 것을 보지 않더라도 품위가 있어 보였다. 반면에 자신보다 나이가 열 살이나 많은 사람에게 반말을 하면서 함부로 대하는 사람도 본 적이 있다. 그 모습을 본 사람들은 그에게서 인간으로서의 품위를 전혀 느낄 수가 없었다. 두 사람의 차이는 무엇인가. 그 두 사람의 차이는 생각의 차이다. 한 사람은 사람을 존중하는 생각을 가지고 있었고 다른 한 사람은 사람을 우습게 여기는 생각을 지니고 있었던 것이다.

인간으로서의 품위는 생각을 어떻게 지니고 사는가에 의해서 결정된다. 그렇기 때문에 평상시에 자신이 하는 생각을 점검하는 것이 중요하다. 다른 사람을 귀하게 여기는 생각을 할 것, 다른 사람의 생명을 소중히 여기는 생각을 할 것, 세상에 대해 감사하는 생각을 할 것, 내가 지닌 것들에 대해 만족하고 감사하는 생각을 할 것, 나에 대해 긍정적인 생각을 할 것. 부정적으로 다른 사람을 대하는 사람은 부정적인 생각을 지니고 다른 사람을 대한 것이다. 생각을 긍정적으로 전환해라.

품격 있는 개는 걷어차지 않는다는 속담이 있다. 마찬가지로 품격 있는 인간을 함부로 대할 사람은 없다. 품격 즉, 품위란 억지로 만들어지는 것이 아니다. 늘 자기 자신과 세상에 대한 긍정적인 생각과 타인을 존중하고 사랑하는 생각을 하면서 살아가다 보면 품위 있는 언어와 행동을 하게 되어서 저절로 품격 있는 인간이 될 수 있는 것이다. 인간으로서 품위를 지켜라. 그렇게 하기 위해 노력하는 것은 현명한 선택이 될 것이다.

아름답고 고운 언어를 쓰고 우아하고 따뜻하게 행동하라. 다른 사람의 허물에 눈을 감아 주고 다른 사람의 장점을 발견하면 눈을 크게 뜨고 칭찬해 주어라. 품위는 나를 지키는 최고의 호신용품이다. 품격 있는 사람은 다른 이의 마음을 온화하게 만들고 화를 누그러뜨린다. 왜냐하면 품위란 것은 부정적인 기운을 물리치는 마술을 부리기 때문이다. 이 험난한 세상에서 안전하게 살고 싶은가. 그렇다면 인간으로서의 품위를 지니면 된다.

앞으로 나아가는 삶 ...

최근에 나는 무려 5년 만에 고향을 가보았다. 내가 태어나고 자란 고향 마을에 가는 길은 무척이나 설렜다. 단발머리 작은 어린아이였던 내가 이렇게 어른이 되어서 찾아온 고향. 엄마와 함께 장에 가던 익숙한 그 길이 날 반겨줄 것이었다. 그런데 예상 밖의 풍경이 나를 놀라게 만들었다.

늘 우울한 빛의 오래된 건물이 있던 거리는 예쁘고 선명한 색깔을 칠하고 길도 넓어져 있었다. 그리고 주민들을 위한 아담한 쉼터도 마련되어 있었다. 그 모습은 마치 수줍은 새색시 같았다. 나는 기쁨의 탄성을 내지르고 말았다.

"와 우리 고향이 이렇게 발전했구나!"

비록 고향 집은 이제 다른 사람이 와서 살고 나 역시도 고향을 떠나서 살고 있지만 내가 태어나고 자란 고향이 발전한 모습은 가슴 뿌듯했다. 마치 내가 발전한 것과 같은 기분이었다. 자신의 고향이 이렇듯 좋아지는 걸 본 사람이라면 누구나 기뻐하지 않겠는가. 발전하는 모습은 보는 이에게 새로운 자극을 준다. 누군가가 발전하거나 어떤 장소가 발전하면 그 모습을 보고 자신 또한 더욱 분발할 것을 다짐하게 되는 것이다. 간혹 타인의 발전에 배 아파하거나 질투를 하는 사람이 있지만 그런 사람 역시도 발전하는 삶에 대한 동경은 있기 마련이다.

컴퓨터를 사용할 줄 모를 때 나는 원고지에 아주 느리게 글을 썼다. 속도는 정말 느렸고 매우 불편한 글쓰기였다. 그런데 어느 날인가 난 컴퓨터를 배우기로 하고 친한 언니와 함께 컴퓨터 학원을 등록했다. 그건 내가 더 발전하고 싶다는 내면의 욕구에 귀 기울인 덕분이었다. 나는 내가 현재에 정체되지 않고 더 나은 미래의 나로 성장하길 바랐던 것이다. 워드와 엑셀 등, 기초적인 것을 배우는 동안 나는 새로운 세계와 접하는 것과 같았다. 그건 마치 갓난아기가 생애 처음 일어서서 걸음마를 하는 심정이었다.

느리고 불편하던 글쓰기는 그 이후 훨훨 날개를 달게 되었다. 내가 하고 싶은 이야기들이 컴퓨터 자판 위에 쉴 새 없이 쏟아지기 시작했다. 나는 내 안에 그토록 많은 글귀들이 숨어있는지 타자를 치면서 깨달았다. 기존에 원고지에

한 칸 한 칸 느리게 글 쓰던 때와 전혀 다른 나의 작가적 소질이 나타난 것이다. 나는 글 쓰는 일에서 점점 발전하게 되어서 마침내 한 권의 원고를 완성해 책을 출간하게 되었다.

첫 책을 내는 것도 발전의 연장선에 있었다고 해도 맞다. 왜냐하면 나는 첫 원고를 대한민국에 있는 거의 모든 출판사에 투고했었다. 하지만 여러 번의 거절을 경험한 후 아주 어렵게 한 출판사 사장님께서 선택해주셔서 출간하게 되었던 것이다. 그 출판사 사장님을 만나기까지 나는 자신을 더욱 발전시키고 원고를 다시 몇 번을 살펴보고 수정했다. 내가 나 자신에게 발전하자는 무의식을 심어주었기 때문에 가능한 일이었다.

발전하지 않는 사람은 어떻게 될까. 발전을 멈추면 더 이상의 의미 있는 수확물을 얻기 어렵다. 끝없이 발전해가야만 알찬 열매를 거둘 수 있는 것이 우리의 인생의 법칙이다. 고추를 따 먹고 싶다면 고추 모종을 심고 비료를 주고 벌레를 잡아 주면서 점점 자신의 농사 기술을 발전시켜야 한다. 고추를 따 먹고 싶다면서 모종만 사다가 놓고 심지 않거나 심어놓고서도 관리하는 법을 연구하지 않고 그냥 밭에 팽개쳐 둔다면 고추를 따 먹기는 어렵다. 농부가 탐스런 복숭아 한 알을 따기까지 그는 끊임없이 자신을 발전시켜 왔다.

나는 더 발전하기 위해 존재한다. 하루하루 낡은 껍데기를 벗고 새롭고 멋진 나의 날개옷을 만들어 입는다. 가끔은 이 상태도 괜찮지 뭐, 하는 게으름의 유혹이 오기도 하지만 내가 할 수 있는 한 최대치의 능력을 계발해내고자 한다. 그렇게 해야만 하는 이유는 명백하다. 정체된 것은 썩고 퇴보하기 마련이기 때문이다.

고인 물은 썩고 쓰지 않는 돈은 휴지 조각일 뿐이다. 웅덩이에 물이 고여 있는 걸 본 적이 있을 것이다. 흐르지 못한 물은 이내 썩어들어가고 그곳엔 물고기도 살 수 없게 된다. 돈을 모아서 죽을 때까지 가지고만 있고 쓰지 않으면 그 돈이 자신에게나 타인에게나 아무런 혜택을 주지 못했으므로 휴지 조각보다 못한 것이 된다. 이렇듯 무엇이든 현 상태에 안주하기만 하면 그건 곧 죽음에 이르게 되는 것이다.

조금이라도 발전되는 삶을 살자. 그것은 우리들에게 주어진 임무다. 아기가 발전하지 않고 정신은 아기인 상태로 몸만 어른이 된다면 정상적인 사회생활을 하기 어렵지 않겠는가. 그대는 하루하루 1센티미터라도 더 발전해야 한다. 지금의 상태에 만족하는 것은 괜찮다. 그렇지만 만족하고 영원히 지금의 상태에 머물러서는 곤란하다. 지금보다 더 발전해서 앞으로 나아가는 삶을 살아야 한다. 그래야만 자신이 이 세상에 찾아온 존재의 이유를 알게 될 것이기 때문이다.

뼈에 사무치는 아픔 ...

우리 집 목욕탕에 수건을 넣어두는 수납장은 내 머리를 가끔 엄청나게 아프게 만든다. 수납장 아래에 있는 솔을 꺼내기 위해 고개를 숙였다가 드는 순간 수납장 모서리에 머리를 부딪쳐서 다친 경험이 두 번 정도 있다. 얼마나 아픈지 머리뼈가 일주일 넘게 욱신거렸다. 뼈가 아픈 만큼의 통증은 일반적인 고통의 범주를 넘어서는 것이다. 단순하게 다친 것과는 차원이 다른 특별한 통증을 경험하게 된다.

그렇게 수건수납장에 머리를 다친 후에는 나는 조심스럽게 행동하게 되었다. 일단 수납장 아래에 있던 솔을 꺼내어서 안전한 곳에 옮겨놓았다. 그리고 혹시라도 수납장 아래쪽에 고개를 숙이고 뭔가를 해야 할 일이 생길 때는 각별히 조심스럽게 움직였다. 그렇게 한 후부터는 다행히 머리를 다치는 일은 없었다. 사람은 이렇게 뭔가에 한번 아파봐야 더 조심하고 다시 아프지 않고 살아갈 수 있는 방법을 연구하게 된다. 만일 내가 아무런 아픔을 겪지 않고 살아왔다면 이런 글을 쓰지도 못했을 것이다.

뼈가 사무치도록 아파보는 것은 그래서 필요한 일이다. 우리를 더욱 단단하게 만들어주는 시련이 바로 가장 고마운 인생의 선물이다. 그걸 알기까지는 시간이 걸릴 것이다. 처음에 시련과 대면하게 되면 그것을 어떻게 해서 해결해 나가야 하는지에 대해 전적으로 매달리느라 시련의 고마움을 알지 못한다. 하지만 그러한 시련이 점점 많아질수록 터득하게 되는 인생의 지혜는 늘어나게 된다. 넘어지고 뒤집어지고 깨지면서 나는 더욱 성숙해지는 것이다. 그러한 삶의 고난들이 그대를 더 옹골진 사람으로 만들어줄 수 있다.

작은 아픔은 작은 삶의 지혜를 주고 큰 아픔은 큰 삶의 지혜를 준다. 그러므로 자신이 견뎌내는 시련의 크기가 클수록 기뻐하고 감사해야 한다.

"내가 오늘 받아든 이 골치 아픈 일들이 사실은 나를 성장시키고 지혜롭게 만드는 인생의 선물이구나."

라고 생각하라. 잔잔한 물결에 깎인 돌은 잔잔한 무늬만 남길 것이다. 크고 성난 물결에 깎인 돌은 그만큼 크고 화려한 무늬를 남기게 되어있다. 큰 사람이 되려면 큰 시련의 터널을 통과해야만 한다. 괴롭고 힘든 일이 생길수록 즐겁게 살아가라. 그 괴로움과 힘듦이 결국은 행복을 위한 초석이 되어줄 것이다. 어려움은 당장은 나를 곤란하게 만들 것이지만 그 어려움을 이겨내는 순간 미래의 어려움을 이겨낼 백신을 맞은 것과 같다.

뼈가 사무치도록 아파본다는 건 극한의 아픔을 경험해본다는 의미다. 죽을 만큼의 외로움, 죽을 만큼의 괴로움, 죽을 만큼의 배신감, 죽을 만큼의 통증, 죽을 만큼의 허무함. 이런 것들을 모두 경험해 본다면 남은 삶이 훨씬 행복해질 수 있다. 이미 극한의 고통을 경험해낸 사람에게 그 이하의 것들은 아무것도 아닌 것이 될 것이기 때문이다.

복합부위통증증후군이라는 질환은 사람이 느낄 수 있는 최고의 통증을 가져온다고 한다. 외상을 입은 후에 특정한 부위에 나타나는 통증은 인간이 견디기 힘든 통증인데 칼로 살을 베는 듯하고 뼈를 갈아내는 것보다 더 아픈 것이 이 병이다. 이렇게 아픈 사람도 있다는데 내가 수건 수납장에 머리를 다쳐서 일주일 동안 아파했던 걸 생각하면 미안한 마음마저 든다. 나보다 더 고통받는 사람을 생각해보면 자신이 지금 겪는 고통을 최악이라고 단정 짓기는 어려울 것이다. 결국 인간은 극한의 아픔을 경험하는 일이 흔하지 않다는 걸 알게 된다.

만약 그대에게 극한의 고통을 겪는 것 같은 시간이 찾아오면 허둥대거나 당황하지 말 것을 부탁한다. 그것은 최악이 아닐 가능성이 높다. 그렇기 때문에 자신에 대해 비관할 필요도 없다. 최악의 고통은 자신이 그 상황을 최악이라고 느낄 때 찾아온다. 만약 그 상황이 최악의 고통스러운 상황이라면 긍정적으로 받아들이면 된다. 이 기회야말로 하늘이 내게 주신 최고의 기회라고 생각하라. 극한의 아픔을 경험한 다음에 내 인생은 앞으로 행복이란 꽃길을 걸어갈 수 있다고 믿기를 바란다.

아픔을 이겨낸 자만이 상처를 치유할 힘을 얻는다. 그러므로 그대는 뼈가 사무치는 아픔을 기꺼이 견뎌내야 한다. 그런 시간이 많을수록 삶의 페이지는 더 알차게 채워질 것이다. 직장에서나 가정에서나 모든 아픔은 사람을 키워주는 약이다. 약을 돈 주고 사 먹는 세상에 무료로 받을 수 있는 좋은 약이 있다니 감사할 따름이다.

나에게 괴로움을 주는 어떤 사람이나 사건에 대해서 오히려 감사하다고 말할 수 있는 사람이 돼라. 내가 아파할수록 나는 시련에 강한 사람으로 진화하고 있는 것이다. 인간에게 성장통은 반드시 필요하다. 그것이 없다면 어떤 인간도 제대로 된 삶을 살아낼 수 없다.

절망의 벽 앞에서 ...

손이 떨리고 근육이 뻣뻣한 증상이 생기더니 어느 날 갑자기 쓰러진 C는 자신이 파킨슨병에 걸렸다는 걸 알았다. 그는 병을 진단받은 순간부터 하늘이 노래지고 삶의 의욕을 잃어버렸다. 몸이 약간 불편하긴 했지만 그런대로 일상생활을 잘 해왔던 그였지만 막상 자신이 불치에 가까운 병에 걸렸다는 사실을 알자 큰 실의에 빠진 것이다.

그에게 지금 가장 필요한 건 무엇인가. 물론 파킨슨병을 치료해줄 약이 먼저겠지만 그것과 함께 절망에 주저앉아 있는 자신을 일으켜 세우는 용기다. 삶에 대한 용기를 잃게 된다면 병은 더욱 악화될 수밖에 없을 것이다. 불치병을 극복해낸 많은 사람들이 말한다.

"처음엔 큰 병에 걸린 걸 원망하고 모든 걸 포기했습니다. '하필이면 왜 내가 이런 병에 걸려야 하지?' 이런 원망을 했죠. 하지만 마음을 바꾸고 내가 이 병을 이겨내겠다는 용기를 가지고 건강 관리에 힘썼습니다. 그랬더니 어느새 제 몸이 병을 이겨냈어요."

이렇듯 절망의 벽이라고 생각하는 막다른 상황에 처했을 때 인간은 용기라는 가장 위대한 힘을 발휘해야 한다. 삶에 대한 희망과 용기를 지닌다면 불치병에 걸렸거나 최악의 경제 상황에 처했을지라도 얼마든지 이겨낼 수 있게 될 것이다. 만약 그런 희망과 용기를 잃어버리고 절망의 벽 앞에 주저앉아서 하염없이 울고만 있다면 불행한 상황은 또 다른 불행한 상황으로 진행될 것이 분명하다.

아무리 어렵고 힘들어도 포기라는 단어를 입에 올리지 말아야 한다. 그런 비슷한 생각도 차단시켜야 한다. 여기서 그만 포기하고 싶다는 유혹을 뿌리치는 것이 중요하다. 살아간다는 건 수많은 어려움들과의 만남이라고 해도 과언이 아니다. 난관을 만나고 그것을 극복해 나가는 과정이 인생이다. 이러한 인생의 특질을 모른다면 힘겨운 일이 생길 때마다 충격을 받고 결국엔 쓰러지고 말 것이다.

어떤 사람이 회사에서 해고당했다고 생각해 보자. 20년 동안 잘 다니던 회사가 어느 날, 갑자기 정리해고에 들어가더니 자신을 해고 대상으로 지목하고 퇴직을 강요한다. 결국 회사를 나온 그는 좌절하고 만다.

"내가 그렇게 열심히 일했는데 날 잘라?"

회사에서 나온 후 그는 매일같이 술을 퍼마시고 가족들에게 행패를 일삼는다.

"돈 못 벌고 이 모양으로 있으니까 이 여편네가 날 우습게 아네."

그렇게 날마다 술을 마시고 아내에게 폭언을 퍼붓더니 어느 날, 간경화로 사망하고 말았다. 만일 이 사람이 해고 당한 후 다른 행동 양상을 보였다면 어떤 결과가 나올까.

회사에서 정리해고 통고를 받고 사직서를 내고 퇴직한 날, 그는 자신에게 말한다.

"그동안 열심히 회사를 다녔어. 수고했다, 나야. 이제 새로운 인생을 살아 보자. 내가 진짜로 하고 싶었던 일을 해 보는 거야. 난 회사 다니면서도 늘 낚시에 관한 일을 하고 싶었지. 낚시 가게를 차려서 해보자. 처음엔 조금 어렵겠지만 열심히 하면 잘될 거라고 확신해."

이렇게 퇴직금으로 낚시 가게를 차린 그는 성실하게 가게를 운영한다. 처음엔 장사가 잘되지 않았다. 그러나 그의 일에 대한 열정과 손님에 대한 애정이 가게를 번창하게 만들었다. 퇴직 이후 그는 오히려 더 잘살게 되었다. 그리고 행복지수도 상승했다. 같은 사람인데 다른 결과가 나온 것은 어떤 이유 때문인가.

그건 바로 절망을 절망으로 수용하길 거부한, 삶에 대한 열렬한 사랑이 있기 때문이다. 그것을 줄여서 사람들은 용기라고 말한다. 용기를 지니고 절망이라고 여겨지는 어떤 것을 헤쳐 나가라. 그대에게 절망이 이렇게 속삭일 때 더욱 주의해야 한다.

"이렇게 힘든데 뭘 더 이상 어떻게 하냐. 이제 그만 다 포기하고 멋대로 살다가 가자. 더 노력해 봤자 잘될 수도 없어. 그만두고 하루하루 술이나 마시든지 잠이나 자든지, 대충 살자."

이런 악마의 속삭임이 절망의 유혹이다. 이런 유혹에 넘어가서 술잔을 기울이는 순간, 낮잠이 드는 순간, 삶은 절망의 수렁 속으로 빨려 들어갈 확률이 높다. 자신을 나약하게 만드는 그 어떤 속삭임에도 귀 기울이지 말아야 한다.

그대는 오로지 용기를 받아들이면 된다. 포기나 절망이란 단어를 삶의 영역에 수용하는 걸 거부하라. 희망을 갖고 어떤 일을 해도 난 잘할 수 있다는 자신감과 용기를 가슴속에 품고 사는 사람은 절망의 벽 앞에서 주저앉지 않을 것이다.

'저 사람은 누가 봐도 절망적인 상황인데 어떻게 저렇게 삶을 즐겁게 살아가는 거지?'라는 생각이 드는 사람이 있다. 주변을 둘러보면 그런 사람이 있을 것이다. 그들의 얼굴을 보면 절망이란 단어는 전혀 찾아볼 수 없다. 항상 기쁜 일이 있는 사람처럼 표정이 환하다. 말투도 다정하고 온화하다. 긍정적이고 따뜻한 언어를 사용한다. 다른 이를 비난하지도 않고 자신의 삶을 폄하하지도 않는다. 그 사람은 자신의 삶을 사랑하고 절망적인 상황을 인정하면서도 그 상황에 자신을 풍덩 빠트리길 거부한다.

"비록 이렇게 절망적인 상황이지만 전 이렇게 살아있다는 것 자체만으로도 행복하답니다."

이것이 그들의 자세다. 절망의 벽 앞에 주저앉아서 울고만 있기엔 우리의 인생이 너무나 짧다. 그리고 두 번 다시 주어지지 않는 삶의 시간이다. 이 소중하고 아까운 시간 동안 어떻게 살아갈 것인가. 나는 오늘 절망의 벽 앞에 앉아서 울지 않겠노라고 다짐한다. 그건 나에 대한 예의가 아니기 때문이다.

고요한 마음으로

어느 펜션에서 벌어진 일이다. 열 명의 사람이 방 안에 있었다. 그런데 어떤 문제로 인해 의견이 맞지 않아 말싸움이 시작되었다. 처음에는 작은 말다툼이었는데 시간이 갈수록 화가 난 사람들은 서로 욕설을 하고 멱살을 잡고 고성을 지르기 시작했다. 순식간에 방 안은 난장판이 되었다.

술병이 날아다니고 깨진 술병을 집어 들고 서로를 위협했다. 공포와 분노가 가득한 방에서 한 사람만이 침착함을 유지하고 있었다. 그의 모습은 마치 폭풍우가 휩쓸고 지나가는 들판에서 홀로 곧게 선 소나무 같았다.

"여러분, 잠시 흥분을 가라앉히고 제 말을 들어보세요."

이렇게 말하는 사람이 없었다면 그 방 안의 아홉 명의 사람들은 분노라는 기관차를 타고 폭주해 돌이킬 수 없는 일을 저질렀을지도 모른다. 하지만 이 한 사람의 평정심으로 인해서 다들 자신의 행동을 잠시 멈추게 되었다. 그리고 별일 아닌 일에 지나치게 흥분한 자신을 반성하게 되었다. 다행히 불상사는 일어나지 않았고 사람들은 서로를 용서하고 다시 평범한 일상으로 돌아갔다.

엄청난 혼란 속에서도 침착함을 유지할 수 있다면 그 사람의 인생은 수월하게 풀릴 것이다. 하지만 그다지 엄청난 혼란도 아닌 상황에서 지나치게 흥분하고 침착함을 잃어버린 사람은 수월한 삶을 기대하기 어렵다. 왜냐하면 침착함을 잃게 되면 사람은 자신이 원하는 목표를 향해 나갈 수가 없으며 타인에 의해 조종받는 삶을 살아가게 되어있기 때문이다.

불안에 떨면서 무언가를 끊임없이 두려워하는 사람이 자신의 꿈을 이룰 수 있겠는가. 작은 일에도 침착하지 못하고 허둥거리는 사람이야말로 사기꾼들이 노리는 최고의 먹잇감이다.

그러므로 그대는 어떤 상황 속에서도 침착해야 한다. 침착하라. 침착함을 유지하라. 혼란에 휩쓸려서 이성을 잃지 말라. 최악의 상황에서도 자신만의 침착함을 유지하는 방법을 익혀야 한다. 어떤 사람이 그대에게 끔찍한 막말을 한다고 가정해 보자. 일반적인 사람이라면 화가 나는 것이 당연하다. 그래서 맞받아치는 막말을 해줄 것이다. 하지만 그건 침착함을 잃어버린 사람의 대처다. 현명한 이는 이러한 막말을 듣더라도 크게 동요하지 않는다. 일단 그 사람의 막말을 들었다는 건 지울 수 없는 사실이다. 하지만 그 막말을 내 가슴의 비수로 받아들이느냐, 정신 나간 사람의 헛소리라고 치부하고 내 갈 길을 가느냐는 나의 선택에 달린 것이다.

한 사람은 이 막말을 일생일대의 최악의 모욕이라고 생각하고 침착함을 잃은 채 대응을 한다. 그러나 다른 한 사람은 이 막말을 제정신이 아닌 사람의 헛소리라고 생각하고 자신이 하던 일에 집중한다. 어떤 사람이 평화롭고 보람찬 하루를 보낼 수 있을까. 물론 두 번째 사람이다.

자신을 혹평하는 누군가를 대하는 일이 생기더라도 침착할 수 있다. 그 방법은 그 사람의 혹평에 대해 가치 부여를 하지 않는 것이다. 의미 없는 헛소리라고 일축해 버리면 그만이다. 반대로 의미 부여를 하고 그 혹평을 나를 아프게 하는 말이라고 받아들이면 상대가 원하는 대로 상처받게 되어있다. 절대로 다른 사람의 막말이나 혹평에 휘둘리지 말아야 한다.

나를 제외한 아홉 명의 사람들이 미친 듯이 화를 내고 싸우더라도 나만은 절대 화를 내지 말아야 한다. 그것이 진정한 침착함이다. 그럴 정도의 경지에 이르려면 평소에 자신을 훈련시켜야 한다. 작은 혼란 속에서도 침착하는 것이 그 방법이다. 우선 가족과의 갈등을 잘 해결해 나가는 연습을 하면 된다. 부모님이나 형제자매와의 작은 갈등은 항상 생길 것이다. 아무리 부모 자식 간이라도 서로의 의견이 완벽하게 같을 수 없기 때문에 갈등은 상존한다. 그럴 때 침착하게 대응하는 것이다.

"넌 요즘 술을 너무 많이 마셔. 좀 줄여야 되지 않겠니?"

엄마가 아들에게 이렇게 말을 한다. 그러자 아들이 발끈한다. 사실 요즘 술을 좀 먹긴 했지만 엄마가 그렇게 잔소리를 할 정도는 아니라고 생각하기 때문이다.

"내가 무슨 술을 많이 마신다고 잔소리야. 엄마는 맨날 잔소리만 해. 그런 말 듣기 싫어. 엄마나 잘하세요."

이렇게 침착함을 잃은 아들이 정도를 넘어서서 엄마를 훈계하는 말을 하게 되면 엄마는 그 말을 듣고 화를 내게 되어있다.

"아니, 이 녀석이 어디서 엄마한테 그딴 식의 말을 해."

이렇게 엄마와 아들의 갈등은 점점 심해져 간다. 만일 아들이 엄마의 말을 듣고 나서 좀 더 침착하게 대응했다면 어땠을까. 엄마가 하시는 말씀이 결국은 자신을 위한 고언이라는 걸 깨닫고 엄마에게 이렇게 침착한 말을 했다면 좋았지 않았을까.

"알았어, 엄마. 걱정 마요. 이제는 술을 좀 줄일게."

자신이 술을 마신다는 걸 인정하고 엄마가 원하는 대로 술을 줄여보겠다는 아들에게 화를 낼 엄마는 없을 것이다. 가족 간의 갈등 상황에서 침착하게 대응하다 보면 친구와의 갈등 상황에서도 침착하게 대응할 수 있게 된다. 더 나아가서는 아주 엄청난 혼란 속에서도 이성을 잃지 않고 침착하게 행동할 수 있는 지혜를 얻을 수 있을 것이다.

침착함은 인격의 성숙도에 의해서 결정된다. 그 사람이 얼마나 인격적으로 성숙한지를 알고 싶다면 그가 일상의 혼란 속에서 어떻게 행동하는가를 보면 된다. 어렵고 힘든 상황에서 어떻게 할지 몰라 갈팡질팡하면서 화를 내거나 불안에 떤다면 그런 사람과 같이 있고 싶지 않을 것이다.

인격이 성숙하게 되면 최악의 상황에서도 침착하게 대응할 수 있다. 이 상황은 정말 내게 버겁다고 느껴질 때 그럴 때가 그대의 인격이 성숙해지는 시간이다. 흥분하지 말고 분노에 휩쓸리지 말고 침착하라. 침착하게 상황을 이해하고 어떻게 하면 이 상황에서 내가 현명한 선택을 할 수 있는지 생각하길 바란다. 차분하게 마음을 가라앉히고 사태를 바라보면 문제를 해결해 나갈 보석 같은 지혜가 생길 것이다.

든든한 길잡이와 함께라면 ...

달빛도 없는 10월의 어느 날 밤, 어머니는 어두운 밤길을 걸어가시면서 어린 내 손을 꼭 붙잡아주셨다. 조그만 나는 많이 무서웠지만 엄마 손을 잡아서 두려움을 떨치고 밤길을 걸어갈 수 있었다.

내가 어린 시절에는 텔레비전이 있는 집이 동네에 한두 군데뿐이었다. 냉장고는 상상할 수 없는 물건이었고 휴대폰이나 컴퓨터는 상상도 하지 않았던 때다. 텔레비전이라고 해봐야 컬러가 아닌 흑백텔레비전이었다. 지금 시대에 생각해보면 이해가 안 될 수도 있지만 과거 우리나라는 경제적으로 많이 힘들었다. 어머니와 나는 그렇게 가끔씩 어두운 밤길을 걸어 텔레비전이 있는 이웃 할머니네 집으로 놀러 갔었다.

어두운 밤길을 걷는 다섯 살 소녀 정미의 길잡이는 든든한 엄마였다. 나는 아직도 그 순간이 선명하게 떠오른다.

너무 어린 나이었지만 내 앞길을 인도해 준 엄마 손의 온기가 아직도 따스하게 느껴진다.

만약에 그날, 내가 혼자서 캄캄한 밤길을 걸어 텔레비전을 보러 갔다면? 달빛도 가로등도 전혀 없는 어두컴컴한 시골길을 다섯 살 여자아이가 길잡이가 되어줄 누군가도 없이 그렇게 걸어가기는 어려웠을 것이다. 어머니라는 길잡이가 계셨기 때문에 나는 마음 편안하게 텔레비전을 보러 갈 수 있었다.

먼 곳으로 여행을 갈 때 길잡이가 되어줄 친구가 있다면 낯선 장소에서도 전혀 어려움 없이 여행을 할 수 있을 것이다. 하지만 길잡이가 되어줄 친구나 휴대폰조차 없다면 그 여행은 매우 힘든 여행이 될 것이다.

우리에게 길잡이는 꼭 필요한 존재이며 우리는 자기도 모르는 사이에 수많은 길잡이가 되어준 사람들로부터 인도 받았다고 볼 수 있다. 태어난 후부터 쭉 가정에서 부모님이 길잡이가 되어주셨고 학교에서는 선생님이 길잡이가 되어주셨으며 직장에서는 상사가 길잡이가 되어주었을 것이다. 하지만 모든 사람이 길잡이가 되어준 것은 아니다.

어떤 이들은 길잡이는커녕 인생의 훼방꾼이 되어서 잘 걸어가는 사람에 발을 걸어 넘어뜨리기도 한다. 만약 그런 사람과 함께 하는 사람은 삶이 평탄할 수가 없다. 그러므로 자신의 인생에서 길잡이가 누구인지 알아채고 그를 친구로 만드는 일은 중요하다. 그리고 더 나아가서 자기 자신이 어둠 속에서 길을 잃고 헤매는 가여운 존재들에게 길잡이가 되어주는 삶을 사는 것은 더 중요한 일이다.

언젠가 서울고속버스터미널에서 길을 잃고 헤맨 적이 있었다. 나는 약간 길치다. 서울고속버스터미널에서 호남선을 타야 하는데 지하도를 한참을 걸어가야 했던 것이다. 수많은 가게들이 있었고 수많은 사람들이 북새통을 이루는 지하도는 마치 미로 같았다. 나는 미로 같은 그 길에서 한참을 헤맸다. 10분이면 갈 곳을 20분이나 걸려서 가게 되던 것이다. 그나마 어떤 분의 도움을 받아서 겨우 목적지로 갈 수 있었다.

"호남선을 타야 하는데 어느 쪽으로 가야 하나요?"

땀을 뻘뻘 흘리고 무거운 짐을 든 내가 처음 본 사람에게 질문을 했다.

"저를 따라오세요. 제가 가르쳐드릴게요."

70대 중반의 중후한 멋을 지닌 여성분이 나에게 그렇게 말해주었을 때, 난 그만 눈물이 날 뻔했다. 그건 마치 사막에서 열흘 동안 홀로 길을 잃고 헤매는데 구출할 사람이 나타난 것과 같은 심정이었다. 얼마나 고마웠는지 모른다. 그분은 혜성처럼 나타나 내게 길잡이가 되어주었던 것이다.

길잡이를 따라가면 목적지까지 다다르는 길이 단축된다. 그리고 부정적인 것들로부터 영향을 덜 받게 된다. 왜냐하면 길잡이는 자기가 이끄는 사람이 나쁜 방향으로 가는 것을 원하지 않기 때문이다. 그대에게 누군가가 그런 길잡이 역할을 해준다면 삶이 얼마나 수월해지겠는가.

나는 누군가의 길잡이가 되기 위해 존재한다. 난 자주 포털에서 내 이름을 검색해 본다. 그건 내 책을 읽은 독자들의 이야기를 들어보고 싶어서다. 오늘 내 이름을 검색했더니 어떤 분이 내 책을 읽으시고 자기 자신이 힘들 때 가장 힘이 되어준 책이라고 적어주신 걸 발견하게 되었다. 내가 그분에게 인생의 길잡이가 되어준 셈이다. 너무나 감사하고 작가로서 내가 살아온 인생에 보람을 느꼈다. 그런 내용의 메일이나 글을 많이 읽었다. 독자분들의 피드백은 나를 더욱 누군가의 길잡이가 되어주는 삶을 살아가도록 만든다. 그래서 하루라도 글을 쓰는 일을 게을리하지 않게 만들어 준다.

누군가에게 길잡이가 되어주는 삶, 그건 인간이 인간으로서 할 수 있는 최상의 행위가 아닐까 싶다. 자기 자신만의 이익을 추구하는 삶이 아니라 어려운 환경에 처한 다른 이를 어둠의 세계에서 빛의 세계로 나올 수 있게 만드는 삶을 살아라. 그건 그대가 할 수 있는 최고의 아름다운 행위가 될 것이다. 그렇게 하기 위해서는 늘 자기 자신에게 힘을 주어야 한다.

"넌 누군가에게 길잡이가 되어줄 사람이야. 힘내! 오늘도 게을러지지 말고 포기하지 말고 열심히 살아가자. 나로 인해 누군가가 힘을 얻고 용기를 내고 웃음을 되찾고 살 수 있는 그런 삶을 살자."

이렇게 자신에게 힘을 주는 말을 해주길 바란다. 그대라는 사람이 얼마나 많은 이들을 수렁에서 건져줄 수 있는지 안다면 놀랄 것이다. 누군가에게 길잡이가 되어주는 사람이 되기 위해 오늘이란 시간을 알차게 꾸며가자.

사랑하는 엄마에게 ...

오빠는 장난스럽게 웃으면서 내게 이렇게 말했었다.

"정미야, 넌 어릴 때 너무 작아서 내가 주머니에 넣고 다녔단다."

허무맹랑한 말이라고 흘려들었지만 내가 작게 태어난 건 사실이었나 보다. 다섯 형제 중에 막내로 태어난 나는 유난히 말랐었다. 학창 시절에 내가 나의 몸을 보면 살과 뼈만 있었던 것 같다. 그렇게 마르고 약해 보이던 나였지만 큰 병치레 같은 건 거의 하지 않았다.

다만 초등학교 5학년 때 친구들과 하교 후에 오징어 모양을 운동장에 그려 넣고 노는 게임을 하다가 다리뼈가 골절되었던 적이 있다. 얼마나 큰 소리가 났던지 뚝 하는 소리가 운동장 가득 울려 퍼졌다. 나는 그게 뼈 부러지는 소리인 줄 모르고 친구들의 부축을 받고 집으로 돌아왔다. 엄마는 걷지도 못하고 고통스러워하는 막내딸을 등에 업고서

아랫마을까지 한달음에 달려가셨다. 엄마의 등에 업힌 채 엄마의 냄새를 맡으면서 나는 뼈가 부러진 고통을 잊을 수 있었다.

그 시절이 아련하게 떠오르면 어느새 눈가에 촉촉하게 눈물이 고인다. 어린 딸을 업고서 그렇게 빨리 달렸던, 건강하시던 우리 어머니. 그 어머니께서 날 낳으셨다. 나는 왜 존재하는가. 이 질문의 가장 기초적인 답변은 우리 어머니께서 날 낳아주셨기 때문이라고 말할 것이다. 가난한 형편에 어쩌면 짐이 될지도 모를 막내딸을 낳으시고 하루도 쉬지 않으시고 논일, 밭일, 심지어 남의 집 일까지 하시면서 홀로 나를 키워주신 어머니의 사랑이 없었다면 나는 지금 존재할 수 없었을 것이다. 하늘에 계신 어머니께 그리움과 사랑의 마음을 담아 이렇게 말하고 싶다.

"부르면 눈물 나는 우리 엄마, 저를 낳아주시고 길러주셔서 정말 감사합니다. 제가 이렇게 글을 쓰고 꿈을 이루기 위해 노력하는 행복한 삶을 살 수 있게 해주신 것 모두 엄마가 제게 생명을 주셨기 때문이에요. 엄마, 살아생전 효도하지 못해 죄송해요. 엄마의 딸로 태어나서 전 행복하고 엄마의 선한 마음과 명랑하고 순수한 면을 물려받아서 정말 고맙습니다. 엄마가 절 낳으신 걸 하늘나라에서 자랑스러워하실 수 있도록 멋진 정미가 되겠습니다. 많은 이들에게 용기와 희망 그리고 인생의 지혜를 알려주고 먼 훗날 엄마를 만나게 되면 '우리 아가, 그동안 수고 많았다. 우리 막둥이 자랑스럽다.' 이런 말을 들을 수 있도록 단 한순간도 허투루 보내지 않겠습니다. 그리고 엄마 정말 사랑해요. 내 목숨보다 엄마를 더 사랑합니다. 그곳에서 늘 건강하게 행복하게 지내세요."

어머니께서는 서른이 훌쩍 넘은 내가 가끔 집에 가면 이렇게 말씀하셨다.

"아가, 왔냐? 아가 어서 밥 먹어라. 귤도 먹고 과자도 먹어라."

다 큰 딸에게 아가라고 하시면서 얼마나 예뻐하셨는지, 한번은 어머니께서 나를 한없이 바라보시는 것이었다. 그래서 내가 귀찮은 듯 말했다.

"엄마, 왜 그렇게 날 쳐다봐?"

그러니까 어머니께서는 아무 말씀 없이 겸연쩍은 표정을 지으셨다. 그런데 어머니가 돌아가시고 어느 날인가 내가 우리 아들을 하염없이 바라본 순간이 있었다. 그 순간 나는 그때 어머니가 왜 날 그렇게 유심히 바라보셨는지 깨달았다. 그것은 자식이 사랑스럽고 또 사랑스러워서 두 눈에 담고 싶어서였던 것이다.

일 년에 서너 번 오는 막내딸 얼굴을 어머니는 두 눈에 가득 담아서 오래오래 기억하시려고 했던 것이다. 그걸 모르고 철없던 나는 왜 그렇게 날 쳐다보냐고 했다. 세상의 모든 어머니의 사랑은 이렇게 하늘과 같다. 너무나 높고 높아서 도저히 바라볼 수 없고 상상을 초월한 사랑이다.

고향 집에서 학교를 다닐 때 언젠가 어머니께서 맛있는 빵과 우유 한 개를 가져오셨다. 그 시절 우리 집은 형편이 어려워서 간식을 사 먹기도 힘들었다. 그날 어머니는 돈을 버시려고 새벽부터 하루 종일 남의 밭일을 다녀오셨는데 새참으로 먹으라고 준 걸 드시지 않고 나를 주려고 집에 가지고 오셨던 것이다. 어린 나는 그런 어머니 마음은 전혀 모른 채 이렇게 말했다.

"와, 맛있는 빵이다. 엄마는 빵 안 좋아해?"

그러자 엄마는 미소를 지으시면서 이렇게 말씀하셨다.

"응, 엄마는 빵 안 좋아해. 우리 딸 맛있게 먹어."

나는 엄마가 빵을 안 좋아한다는 말을 곧이곧대로 믿고 맛있게 혼자 빵을 먹어 치웠다. 그날을 생각하면 왜 이렇게 눈물이 나는지.

난 어머니 덕분에 존재하게 된 사람이다. 내 몸에는 어머니의 피가 흐르고 살이 흐르고 영혼이 흐르고 정신이 흐른다. 어머니께서는 맑게 지저귀는 새소리를 들으시면서 밭에서 일을 많이 하셨다. 그래서인지 나는 자연의 에너지가 내 안에 흐르는 것을 느낀다. 대자연의 품에 안겨서 생활하셨던 어머니의 유전자를 물려받았기 때문일 것이다.

어머니의 사랑으로 존재하는 나, 살아갈 시간 동안 어머니로부터 받은 위대한 유산을 많은 이들에게 전해주고 싶다. 그 유산은 선한 마음과 명랑한 성격과 그리고 어려움을 비관하지 않는 낙천적인 생활 태도, 하루도 무의미하게 보내지 않으시던 성실함, 인간을 존중하는 태도, 상상력이 풍부한 소녀의 감성이다. 그런 것들이 모두 내가 어머니로부터 받은 유산이다.

그대라는 존재가 있기까지 그대의 어머니는 많은 노력과 정성을 쏟으셨다. 그런 어머니에게 감사하라. 나를 낳아주신 그분에게 감사하지 않는 사람은 다른 이에게 감사하기 어려울 것이다. 내게 생명을 주시고 삶의 토양을 마련해주신 어머니의 고마움을 알고 효도하는 일은 나란 존재가 가장 먼저 해야 할 일이다. 우리는 모두 엄마의 사랑으로 숨 쉬고 살아있는, 엄마의 딸이자 아들이기 때문이다.

작은 일에 감사하는 법

잠자리에 들기 전 나는 매일 감사의 기도를 한다. 이 습관은 너무 오래되어서 언제부터인지도 모를 지경이다. 아마도 삼십 년은 넘었을 것 같다. 첫 번째 문장은 이러하다.

"신이시여, 오늘도 저에게 이렇게 포근하고 편안한 잠자리를 주셔서 감사합니다."

이렇게 기도를 하고 잠자리에 들면 마음이 평온해지고 잠이 잘 온다. 이 기도는 내가 집에서 잘 때나 여행지에서 잘 때나 한결같이 하는 기도다. 어느 곳에서 잠들든 난 그날 밤 무사히 하루를 마치고 편안한 잠자리에 든 사실이 감사해서 기도를 하지 않을 수가 없다. 이런 감사의 마음은 사람을 겸손하게 만드는 힘이 있다. 거만한 사람은 감사하지 않는 사람이다. 자신이 잘나서 모든 게 이룩된 걸로 착각하니까 감사할 필요성을 느끼지 못하는 것이다. 하지만 인간은 혼자서 독불장군처럼 모든 걸 이룩할 수 없는 존재

다. 거의 모든 면에서 다른 이의 희생과 정성을 받고 살아
가고 있다.

밥을 한 끼 차려 먹는다고 하자. 우리가 직접 쌀농사나
밀 농사를 지어서 밥을 지어 먹어야 한다면 얼마나 힘들겠
는가. 다른 반찬도 다 직접 길러서 먹어야 한다면? 소금과
조미료도 직접 만들어 먹어야 한다면? 염전에 가서 일해야
할 수도 있다. 논과 밭, 염전 같은 곳에서 수고해주시는 분
들이 있기에 편안하게 밥을 먹을 수 있는 것을 우리는 감사
해야 마땅하다. 차도 그렇다. 우리가 직접 차를 만드는 공
장에서 차를 만들어 타고 다녀야 한다면 일상생활을 하기
어려울 것이다. 자동차 공장에서 힘들게 차를 만들어준 분
들에게 감사하는 마음을 가지는 것도 당연한 일이다.

작은 것에 감사하지 않는다면 큰 것에도 감사할 수 없다.
우선 작고 보잘것없는 것들에도 감사하는 겸손한 마음을 지
녀야 한다. 아주 당연한 것, 그냥 오늘 아침에 눈을 뜬 사실.
그 작은 사실 하나만으로도 감사하자. 영원히 눈을 뜨지 못
한 채 아침을 맞이한 사람도 있으니 오늘 하루도 건강하게
눈을 뜨고 일어난 사실은 얼마나 고마운 일인가.

자신의 집이 작다고 불평불만 하는 사람을 본 적이 있다.
그것은 겸손하지 못한 태도다. 자신의 집조차 없는 사람도

있다. 건강이 악화되고 가족으로부터도 버림받아서 월세 방도 못 구해 다리 밑에 천막을 치고 사는 사람도 있다. 어떤 이는 사기를 당해 전 재산을 잃고 찜질방을 집 삼아 사는 사람도 있다. 비록 작은 집이라도 자신의 집이 있다는 것을 감사할 줄 알아야 한다.

감사는 행복의 가장 확실한 태도다. 감사하는 사람은 행복해질 확률이 높다. 그는 겸손하고 온유하며 타인을 존중하는 사람일 것이기 때문이다. 감사와 동떨어진 삶을 산다면 그의 삶은 고단할 것이다. 항상 불만족함으로 하루하루가 전쟁터와 같을 것은 분명하다. 감사하지 않으니 불평불만이 쌓이고 다른 사람들에게도 그런 불만을 표현해내고 다툼이 발생할 가능성이 높다.

그대가 누군가에게 정성 들여 요리를 해서 주었는데 그 사람이 그 요리를 먹고 나서 무뚝뚝한 표정만 짓고 잘 먹었다는 말 한마디 안 한다면 기분이 어떨까. '뭐 저런 사람이 다 있어?' 아마 이런 생각이 들 것이다. 감사는 인간의 기본적인 예의이기도 하다.

나는 작은 것들에 진심으로 가슴 뜨겁게 감사하는 존재다. 내가 오늘 먹는 것, 내가 오늘 볼 수 있는 두 눈, 내가 오늘 만날 모든 생명체들. 그 모든 것들에 눈물 나게 감사한다. 내가 감사해야 하는 것은 헤아릴 수 없이 많다. 저 밤하늘에 빛나는 별보다 더 많다. 그 모든 것들에 감사한다.

감사하는 법을 몰랐을 때 나는 불행했다. 주어진 가혹한 운명을 탓하면서 괴로워했다. 삶이 비관적이었고 몸은 자꾸 아팠다. 하지만 감사하는 법을 알게 되면서 매일 감사하는 삶을 살기 시작하자 나는 스스로 행복해지기 시작했다. 지금도 운명은 가끔 가혹한 일들을 내게 건네주지만 나는 그것조차도 감사한다. 좋은 연장을 얻기 위해 대장장이가 뜨거운 불구덩이에 쇠를 넣듯이 나를 어렵게 하는 시련조차도 나를 단련시키는 좋은 자양분이라고 생각하며 감사한다.

그대도 그런 삶을 살기 바란다. 눈물 나게 어려운 일이 생겨도 감사하고 몸이 아파도 감사하고 누군가가 떠나가도 감사하라. 만일 어떤 사람이 그대의 마음을 상처 나게 해도 감사하라. 그것 또한 그대를 위한 인생의 선물이다. 더 여물고 단단해지는 그대를 위한 인생의 선물임을 기억하라.

사람이 감사를 모르면 한없이 외로워질 것이지만 감사를 알고 감사함을 매일 표현하면 모든 이들이 그를 좋아할 것이다. 왜냐하면 감사할 줄 아는 사람에게서는 아름다운 향기가 나기 때문이다. 그리고 자신의 삶에 진정으로 몰입

할 수 있을 것이기 때문이다. 내게 주어진 삶에 감사하고 내게 주어진 모든 것에 감사하면서 살아간다면 그 인생은 얼마나 멋질 것인지 우리는 알 수 있다. 우리는 누군가의 감사함으로 인해서 지금 존재하고 있다.

개미에게 배우다   • • •

1억 1,000만 년 전부터 지구상에 살고 있는 개미. 개미 하면 사람들은 '개미처럼 부지런하다'란 말을 떠올린다. 개미는 수만 마리가 모여서 단체 생활을 하지만 각자의 맡겨진 역할을 충실히 함으로써 자신들의 종족을 지금까지 잘 유지해 왔다.

번식을 담당하는 수개미와 여왕개미, 일을 하는 일개미, 적과 싸우는 병정개미. 이 네 가지 부류의 개미들로 이루어진 개미 사회는 한 치의 흐트러짐 없이 잘 유지되고 있다. 만일 개미들이 자신의 일에 충실하지 않고 서로 여왕개미를 차지하겠다고 한다면 적이 들어와도 지킬 병정개미가 부족할 것이니 개미는 멸종되고 말 것이다.

이처럼 개미 한 마리에게도 배울 점이 있다. 놀랍지 않은가. 우리의 손톱보다 작은 생명체에서 배워야 할 좋은 점이 있다는 것. 하지만 많은 이들은 이 점을 생각하지 않고 살아간다. 아니 오히려 누군가에게 뭔가를 배워야 한다는 걸 수치스럽게 생각한다. 특히 다른 사람에게 뭔가를 배워야 한다는 것은 더욱 싫어한다. 그것은 일종의 자만심에서 비롯된다. '내가 뭐가 모자라서 다른 사람에게 배워? 차라리 나를 보고 배우라고 해.' 이런 자만심은 잘못된 자신감이다. 우리는 항상 배워야 하는 인생 학교의 학생이다.

우리 집 옆에 오래된 전봇대가 있다. 얼마 전 아스콘을 깔기 전까지 시멘트 포장도로 옆에 세워진 전봇대 아래에는 봄이 되면 돌나물이 돋아났다. 도무지 흙이라고는 보이지 않는 그 시멘트 틈에서 초록색 돌나물이 흐드러지게 솟아나는 것을 본 나는 깜짝 놀라지 않을 수 없었다.

"와, 대단하다. 어떻게 이런 척박한 환경에서 나물이 나올 수 있지?"

나는 쪼그려 앉아 돌나물을 바라보면서 놀라움을 금치 못했다. 그 어느 기름진 밭에서 자란 나물 못지않게 싱싱하게 자라나는 돌나물은 마치 내게 이런 교훈을 주는 듯했다.

"날 봐. 이렇게 좋지 않은 환경에서도 이렇게 푸르게 살아 있잖아. 너도 나처럼 어떤 어려운 환경에 놓이더라도 포기하지 말고 살아가렴."

그날, 나는 손톱보다 작은 돌나물을 보면서 많은 생각을 했다. 정말 내가 저 돌나물처럼 강인한 생명력으로 이 세상을 살아갈 수 있을까. 조금만 힘들어도 눈물짓고 힘들어하던 과거의 나 자신을 돌아보면서 돌나물처럼 꿋꿋하게 살겠다고 다짐을 하는 시간을 가졌다. 그 시간은 내가 한 뼘 더 성장하는 시간이었다.

개미를 보면서, 돌나물을 보면서도 나는 배운다. 별것 아닌 것들이라고 치부해버리면 그만인 것들일 수도 있다. 하지만 그것들을 바라보면서 생의 의미를 찾고 배울 점을 찾는다면 이 세상 모든 것들이 우리의 스승이 될 수 있다.

세상에서 가장 슬픈 꽃이 있다. 그것은 대나무꽃이다. 대나무는 일생에 딱 한 번 꽃을 피우는데 그 꽃이 피면 죽게 된다. 최대 120년 만에도 피는 대나무꽃은 자세히 보면 대나무의 지혜이기도 하다. 땅속에 영양분이 많을 때는 죽순을 피워내서 번식을 하지만 그 영양분이 부족해지면 더 이상 죽순을 낼 수 없게 된다. 그래서 대나무는 꽃을 피워 씨앗을 만들기 위해 자신이 죽어가면서도 꽃을 피워내는 것이다. 그건 대나무의 지혜다. 그 꽃은 그냥 꽃이 아니라 종족 번식을 위한 대나무의 숭고한 희생인 것이다.

사람들은 자신을 희생하는 사람에게 어떤 경외심을 느낀다. 길거리에서 치한에게 폭행당하는 행인을 구하고 치한의 공격에 숨진 사람을 보면 경외심을 느끼고 뜨거운 불구덩이에 들어가 위험에 처한 사람을 구한 소방대원에게 경외심을 느낀다. 그들의 숭고한 희생에 감응이 되어서이다. 그런데 막상 자신이 희생의 주체가 되는 건 힘들어한다. 우리는 대나무에게서도 배워야 한다. 숭고한 희생의 아름다움을.

몇 년 전에 동해안을 여행한 적이 있다. 나는 서해안 마을에서 태어나서 동해안은 새로웠다. 서해안은 갯벌이 있고 바다가 있는데 동해안은 신기하게도 길 바로 옆에 새파란 바다가 일렁이고 있었다. 그 모습이 새롭게 다가왔다.

잠깐 차에서 내려 바다를 바라보았다. 그런데 저 멀리 배가 보이는 것이었다. 오징어잡이 배일 것이라고 일행이 가르쳐 주었다. 그러고 보니 꽤 많은 배들이 수평선 근처에 옹기종기 모여 있는 것이었다. 서해안이나 동해안이나 부지런한 어부들은 오늘도 열심히 일하고 있었다.

우리가 어디에 살던 일상은 계속되고 누군가의 수고로움으로 풍성한 식탁, 재밌는 오락거리, 밤거리를 안심하고 다니는 안전이 유지되고 있다. 오징어잡이 배를 보면서 나는 배웠다. 삶의 치열함과 일상의 고마움, 그리고 나란 존재가 얼마나 행복한 존재인지를. 여러분도 항상 배우는 마음으로 살아가길 바란다. 나 자신을 낮추고 다른 존재로부터 배울 점을 찾는다면 날마다 성장하는 자신을 발견하게 될 것이다.

절대적인 고독   •••

카오스의 세상에서 나만의 질서를 지키며 살고 싶다. 무수한 혼돈이 삶의 시간표를 어지럽게 만든다. 이러한 혼돈은 온전한 혼자만의 시간의 결여로부터 시작된다. 항상 누군가와 부딪히는 삶, 누군가의 눈치를 보는 삶, 누군가로부터 규제받는 삶은 자신만의 삶의 규칙을 정할 수 없게 만든다. 고유한 삶의 규칙을 마련하지 못함으로써 혼돈이 생기는 것이다.

소낙비가 쏟아지면 엄청난 양의 물이 늘어난다. 그 물이 한곳으로 모여서 순식간에 빨려들어 가는 곳이 있다. 그곳은 블랙홀처럼 빗물들을 빨아들인다. 바로 배수구다. 엄청난 양의 소낙비를 우리 인생에서 벌어지는 혼돈이라고 하면 배수구는 나만의 질서와 규칙이라고 할 수 있다. 나만의 질서와 규칙을 가진 사람은 삶이 혼돈에 빠지기 전에 그것들을 모두 사라지게 하고 평온을 유지할 수 있게 만든다. 그런 질서와 규칙은 온전한 나와의 시간에서 생성될 수 있다.

그렇다면 우리는 어떻게 온전한 나의 시간을 가질 수 있을까. 카오스로부터 벗어나서 나만의 규율을 가지고 멋지게 살 수 있을까. 그것을 가능하게 하는 건 절대적으로 고독해지는 것이다. 우리의 평온한 삶은 우리가 얼마나 고독할 수 있는가에 의해 결정된다.

고독하기 위해서 특별한 장소를 찾는 사람도 있다. 한적한 숲속이나 잔잔한 호숫가나 음침한 골방에 틀어박혀서 고독을 음미하는 것도 괜찮은 방법이다. 언제나 시끌벅적한 환경 속에서 절대적인 고독을 맞이하는 건 초보자에겐 어려움이 따를 것이기 때문이다.

하지만 한 치의 오차 없는 절대적 고독은 시간과 환경을 초월해서 경험할 수 있어야 한다. 특정한 장소와 시간에서만 절대적으로 고독해지는 게 가능하다면, 그 특정한 장소와 시간을 마련할 수 없다면 어떻게 되겠는가. 어느 장소, 어느 시간대에도 우리는 절대적인 고독을 음미할 수 있어야 한다. 그럼으로써 시공간을 초월한 상태에서 우리가 필요할 때 고독의 힘을 사용할 수 있게 될 것이다.

고독이야말로 내 인생의 가장 진실한 친구임을 인정한다. 일상에 지치는 날은 자신에게 고독이 필요한 날이다.

몸이 갑자기 축 처지고 의욕이 사라졌다면 병원에 가기 전에 고독을 만나보는 게 좋다. 삶의 의욕이 특별한 이유 없이 저하된 건 내가 지금 카오스의 중심에 들어와 있다는 증거다. 그러므로 만일 그대에게 평상시의 감정이 아닌 지나친 우울감이나 지나친 무력감, 지나친 분노 등이 찾아온다면 절대적인 고독을 만나야 하는 때임을 기억하여야 할 것이다.

빛 한줄기 들어오지 않는 컴컴한 동굴 속에서 고독한 사나이가 수십 년째 살고 있다. 동굴 천장에는 수백 마리의 박쥐 떼가 검은 날개를 퍼덕이며 날아다니고 동굴은 길고 깊어서 그 끝이 어딘지 모를 정도였다.

들리는 소문에 의하면 그곳은 전쟁 때 많은 이들이 희생된 곳이라 해골도 나왔다고 했다. '그런 동굴에서 사람이 산다고?' 그 특이한 사내에게 사람들은 호기심이 가기 시작했다. 어떤 사연으로 깊은 산중에 그것도 전쟁 때 피난처로 사용되었다는 스산한 동굴 속에서 기거하고 있을까.

"이렇게 컴컴하고 사람도 없는 적적한 곳에 있으면 외롭지 않으세요?"

등산을 하다가 그를 만난 등산객이 호기심 가득한 말투

로 물어보았다.

"외롭다는 건 저에게 사치입니다. 전 외로울 틈이 없어요. 제 인생은 고독을 만남으로써 완성되었으니까요. 하루종일 고독과 만나서 대화하고 고독의 이야기를 듣다 보면 외로울 시간이 없네요."

그는 몇 달은 감지 않은 듯한, 흰머리가 반인 부스스한 머리칼을 쓸어 올리면서 말했다. 그런데 마치 거리의 부랑자 같은 후줄근한 외모에서 신기한 광채가 나는 것이었다. 등산객은 이상한 생각이 들었다.

'이 사람은 이런 첩첩산중에서 제대로 문화생활도 못 하고 음식도 잘 챙겨 먹지 못하고 사는데 왜 도시에서 잘 먹고 잘사는 나보다 행복해 보이는 걸까?'

그는 마지막으로 동굴 사나이에게 물어보았다.

"당신은 저보다 많이 행복해 보이네요. 전 번듯한 직장도 다니고 결혼도 하고 아이도 낳고 집도 제 명의로 한 채 사고 노후 자금도 든든히 마련해 놓았는데 전혀 사는 게 행복하지 않아요."

그러자 동굴 사나이가 그의 어깨를 가만히 감싸 안아주면서 다정하게 말했다.

"그건 자신과의 대화가 부족해서입니다. 저처럼 고독해

지는 시간을 가져보세요. 고독은 자아의 뿌리예요. 우리가 우리 자신의 뿌리와 대화하고 서로 이해하게 되면 나만의 고유한 질서와 규칙을 깨닫게 됩니다. 그것들이 우리가 가진 상처를 치유할 수 있게 해준답니다."

등산객은 그의 말을 전부 이해하기는 어려웠다. 무슨 해묵은 도사처럼 이상한 선문답을 하는 것 같기도 하다고 생각했다. 하지만 그의 말에서 어떤 진심을 느꼈다. 그 후 그는 집으로 돌아와서 자신의 밑바닥을 들여다보기 시작했다. 혼자서 있을 때 우선 고독이란 것을 대면해 보았다. 그 시간은 아주 특별했다. 마치 시간과 공간이 멈춘 듯한 4차원의 세계에 들어선 것 같았다. 그런 일들이 반복되고 점점 그는 자신이 예전보다 많이 웃게 되었음을 느끼게 되었다.

정점에 다다르는 긴 여정　　　　　...

서울시장 보궐선거와 부산시장 보궐선거가 있던 날이었다.
나는 그 지역에 살지는 않지만 선거 결과가 조금 궁금하기
도 했다. 후보들은 유권자들에게 자신을 어필하기 위해 많
은 수고를 했다. 그들의 그런 모습이 참 보기 좋다고 생각
했다. 당선이냐, 낙선이냐를 떠나서 목표를 위해 전진하는
그들의 모습은 무척 아름다워 보였다.

4월, 온갖 꽃들이 만발했다. 세상은 온통 꽃 천지가 되었
다. 눈을 들어 조금만 움직여보면 시선 안으로 수많은 봄꽃
들이 날아든다. 얼마 전까지 메마른 가지였던 나무에서 다
채로운 꽃들이 피어난 걸 보면 인생이란 것도 이처럼 아무
것도 아닌 무無에서 출발해서 어떤 정점에 다다르는 긴 여
정이 아닐까 하는 생각이 들었다.

나는 지금 내가 이룰 수 있는 최고의 상태에 다다르기 위
해 글을 쓰는 중이다. 오늘 하루도 바빴다. 아침에 일어나

서 하루 종일 차를 타고 돌아다니면서 일을 하고 오후에 잠깐 집에 들렀다가 다시 저녁에도 일을 하고 마침내 밤 열 시쯤 집에 도착해서 하루를 마무리했다.

그렇지만 진짜 나의 일은 지금부터다. 나는 하루 동안의 일과를 마친 게 아니라 내가 반드시 해야만 하는 일을 하기 위해 컴퓨터 앞에 앉아있다. 지금 시간은 밤 열한 시 사십 분. 이 일을 다 마치면 아마 새벽 두 시쯤 난 잠자리에 들 수 있을 것이다. 그리고 내일 아침에는 일을 하기 위해 다시 일찍 일어나야 한다. 그런데 이렇게 매우 바쁜 와중에 그리고 피곤이 몰려오는 가운데 잠을 떨치고 앉은 이 시간이 왜 이렇게 행복할까.

그건 내가 나 자신이 이루어낼 어떤 최대치에 대한 기대감이 있어서다. 지금까지 열다섯 권의 책을 썼지만 그 책들을 능가할 최고의 책을 쓰겠다는 불타는 열망이 나를 이 시간까지 잠들지 않게 만든다. 그리고 전혀 피곤하지 않게 만들어주었다. 사람은 자신만의 최대치를 가지고 있다. 이미 이 세계에 등장한 순간부터 각자의 최대치를 지니고 태어났다. 그렇지만 그 최대치를 완성할 수 있는 사람은 많지 않다. 그건 뼈를 깎는 인내의 시간이 필요하고 자신에 대한 절대적인 믿음이 필요한 일이기 때문이다.

나는 나의 최대치에 도전하기 위해 존재한다. 이 사실을 나는 고마워한다. 만약 내가 나 자신의 최대치에 대해 전혀 관심이 없었다면 책을 쓰지도 않았을 것이다. 그저 먹고 살기 위한 일만 하다가 삶을 마감하였을 것이다. 하지만 난 먹고 살기 위한 생존을 위한 일에만 내 인생을 허비할 생각이 없다.

그대는 지금 어떤 일을 하고 있는가. 아파트 대출금을 갚아야만 하니까, 가족의 생활비를 벌어야 하니까, 미래에 대비할 노후 자금을 마련해야 하니까 어쩔 수 없이 하는 일이라면 어떤 보람도 느끼지 못할 것이다.

그대의 최대치는 무엇인가. 그것은 그대가 바라는 최고의 이상향이다. 어떤 존재로서 남고 싶은가. 어떤 존재로서 기억되고 싶은가. 어떤 존재로서 역사에 기록되고 싶은가. 어떤 존재로서 회자되고 싶은가. 우리는 모두 어떤 존재다. 그 어떤 존재란 것은 자기 자신이 이룩해낼 수 있는 최고의 결과물이다. 최고의 결과물을 얻기 위해선 어떻게 해야 할까.

어느 편의점이 있다. 편의점 사장은 얼마 전에 개업한 자신의 가게에 대해 아무런 기대도 없다. 그는 아내가 편의점

을 하자고 우기는 바람에 어쩔 수 없이 가게에 나와서 울며
겨자 먹기 식으로 일하고 있다. 손님이 들어오면 귀찮기만
하다.

"도시락이 다 떨어졌나요?"

도시락을 사러 온 손님이 그에게 물으면 시큰둥하게 말
한다.

"그런가 보네요."

그렇게 무성의하게 대답하는 사장을 본 손님은 다시는
그 편의점을 찾지 않았다. 결국 편의점은 적자에 허덕이다
가 문을 닫게 될 것이다. 편의점 사장은 지금 자신이 하는
일에 전혀 애정이 없다. 우리는 여기에서 최고의 결과물을
얻어내려면 자신이 사랑하는 직업을 가져야 함을 알 수 있
다. 그대가 지금 하는 일을 하기 위해 하룻밤을 못 잔다고
해도 하고 싶다면 그 일이 그대의 최대치를 이룩할 일이다.
그 반대로 지금 하는 일에 단 한 시간도 더 투자하고 싶지
않다면 그건 그대의 최대치가 아니라 최악의 상황을 가져
올 일이다. 자신이 하고 싶은 일에 집중하라.

작은 것만 바라는 사람은 작은 것만 얻을 것이다. 크고
아름답고 내실 있고 값진 걸 원한다면 분명히 그 사람은 크
고 아름답고 내실 있고 값진 걸 얻게 되어 있다. 그러므로

우리는 자신의 인생에서 최대치를 얻겠다는 결연한 의지를 지녀야 한다. 그 길은 결코 쉽지 않다. 잠을 하루에 다섯 시간도 못 잘 수도 있고, 아무도 알아주지 않을 수도 있고, 외로운 시간이 올 수도 있다. 하지만 그런 힘들고 외로운 시간을 견뎌내어야만 최대치의 삶을 살 수 있는 법이다.

그러므로 그대는 더 단단해져야 한다. 한 번뿐인 내 인생을 헛되이 보내지 않겠다는 각오를 지니고 열심히 노력하라. 그대의 최대치가 이루어지는 날, 온 우주가 그대에게 축하의 박수를 보낼 것이다.

"그동안 너 정말 멋졌어. 그렇게 힘들고 어려운데도 견디고 너의 최대치를 마침내 이룩했구나. 축하해! 넌 이 세계에서 가장 아름다운 존재로 기억될 거야."

이렇게 별과 달, 하늘과 바람, 나무와 꽃들, 새와 고양이, 태양과 무지개를 비롯한 수많은 존재들이 그대를 축하해줄 것이다.

별은 어둠 속에서 빛나고
나는 슬픔 속에서 빛나

펴 낸 날   2021년 9월 9일 초판 1쇄

지 은 이   백정미
펴 낸 이   박지민
책임편집   최선경
책임미술   롬디
그   림   민선
마 케 팅   박종천, 박지환

펴 낸 곳   모모북스
           서울특별시 동대문구 왕산로81, 203-1호(두산베어스 타워)
           전화 010-5297-8303   팩스 02-6013-8303
           등록번호 2019년 03월 21일 제2019-000010호
           e-mail pj1419@naver.com

ⓒ 백정미, 2021
ISBN 979-11-90408-18-9 03800

• 책값은 뒤표지에 있습니다.
• 잘못된 책은 구매하신 곳에서 교환해드립니다.
• 모모북스에서는 여러분의 소중한 원고를 기다립니다.
  투고처: momo14books@naver.com